剣狼の掟

鳥羽 亮

角川文庫
23513

目次

怒りの簪《かんざし》

一

エェイー、エェイー。

牢屋の方から、大勢の叫び声が聞こえた。

その声がやむと、念仏を誦《じゅ》す声になった。低い地鳴りのような声である。牢内の罪人たちが、これから処刑される死罪人を牢屋から送り出しているのだ。死罪人を送り出すとき、いつもそうやって声をかけるのである。

片桐京之助《かたぎりきょうのすけ》は罪人たちの声を聞くと、肩衣《かたぎぬ》をはずし、袂《たもと》から取り出した細紐《ほそひも》で手早く両袖《りょうそで》を絞《しぼ》った。

京之助は二十代半《なか》ばである。面長《おもなが》で、切れ長の目をしていた。その端整《たんせい》な顔が、かすかに紅潮している。

京之助は、小伝馬町《こでんまちょう》の牢屋敷の土壇場《どたんば》の近くにいた。土壇場は、死罪人の処刑場である。京之助は、土壇場の脇の柳の樹陰で斬首の支度《したく》をしていたのだ。京之助は首斬り人として牢屋敷にきていたのである。

「片桐どの、首を討《う》つのは女ですか」

助役《すけやく》の松沢《まつざわ》利三郎《りさぶろう》が訊《き》いた。助役は、首斬り人の介添《かいぞ》え役である。

「そうだ」

「女ですか……」

松沢の顔が曇った。首斬り人もそうだが、介添え役も女の斬首は、気が重くなるのだ。

「おゆきという名だそうだ」

京之助が斬首することになっていたのは、おゆきひとりである。

今日、牢屋敷で処刑されるのは三人だった。盗人《ぬすっと》の孫六《まごろく》、喧嘩《けんか》相手を刺し殺した稲次《とうじ》、それに女中として奉公していた薬種問屋から二十両の金を盗んだおゆきである。

孫六の処刑には、山田《やまだ》家の当主、山田浅右衛門吉利《あさえもんよしとし》が、稲次には吉利の嫡男《ちゃくなん》の吉豊《よしとよ》があたることになっていた。

山田家の当主は、代々山田浅右衛門を名乗っていた。世に「首斬り浅右衛門」と呼ばれて、恐れられている家柄だった。吉利は、七世である。

山田家は道場をひらき、斬首のための刀法と試刀術を教えていた。試刀術というのは、実際にひとの死体を斬ったり刺したりして、刀槍の利鈍《りどん》のほどを試す術である。

山田家は牢人の身であったが、山田流試刀術をもって徳川《とくがわ》家から「御試御用役《おためしごようやく》」をうけたまわり、刀槍の利鈍のほどを試すかたわら、門弟を集めて斬首や試刀の術を指南していたのだ。

京之助は山田道場の高弟のひとりで、吉利の手代わりがつとめられるほどの腕であった。

「来ましたよ」

松沢が小声で言った。

閻魔堂《えんまどう》と呼ばれる改番所《あらためばんしょ》の前を、三人の罪人が介添人たちにひきたてられてきた。そして、裏門の近くの埋門《うずみもん》の前で、介添人たちは三人の顔にそれぞれ半紙を当て、藁縄《わらなわ》で額《ひたい》の上から縛った。死罪人の目隠しのためで、面紙《つらがみ》と呼ばれている。

京之助は松沢とともに柳の樹陰で、おゆきが連れてこられるのを待った。松沢は水を張った手桶《ておけ》をそばに置き、京之助の脇にひかえている。

土壇場の穴のなかには、血溜《ちだ》めの筵《むしろ》が敷いてあり、近くに死骸《しがい》を入れる俵や首を洗うための水の入った手桶が置いてあった。

おゆきは三人の介添人に連れられて、土壇場に近付いてきた。すこしふらついていたが、自分の足で歩いてくる。泣き声も、喚《わめ》き声も上げなかった。

死罪人が土壇場に臨むとき、恐怖のあまり自力では歩けず、介添人に抱えられ引きずられてくる者が多い。泣き声や喚き声を上げる者もすくなくないが、おゆきは何も言わなかった。

土壇場の前で牢屋敷の鍵役同心が、もう一度、おゆきの名を確かめてその場から去ると、おゆきは介添人たちの手で血溜めの筵の前に座らされた。

三人の介添人が、後《うし》ろ手に縛られたおゆきの体を押さえている。

おゆきの顔は、見えなかった。面紙が揺れている。首が上下に動いているのだ。

そのとき、おゆきが、

「悔しい、このまま死にたくない。悔しい……」

とつぶやいた。その低い声に、腹から絞り出すような怨念《おんねん》のひびきがあった。

京之助はおゆきが何か言いたがっているような気がしたが、あえて問わず、刀を抜いて、

「松沢、頼む」

と言って、刀身を松沢の前に差し出した。

すぐに、松沢は手桶の水を柄杓《ひしゃく》で汲《く》み、差し出された刀身にかけた。スー、と水が刀身をつたい、切っ先から細い筋になって落ちていく。その水が陽を映じて、黄金色《こがねいろ》の糸のようにひかっている。

京之助は、その水の筋を見つめていた。斬首に臨み、己《おのれ》の気の昂《たかぶ》りを静めるためである。

「あ、浅右衛門さま……」

おゆきの声がした。

京之助を、山田浅右衛門と思っているのだ。江戸の住人の多くが、牢屋敷の土壇場で死罪人の首を斬るのは、浅右衛門と信じている。それほど、首斬り浅右衛門の名はひろまっていたのだ。

「何かな」

京之助は、おだやかな声で訊いた。この場で、死罪人に己の名を告《つ》げる必要はなかった。

「あ、あたしの襟《えり》に、簪《かんざし》があります」

おゆきが声を震わせて言った。

……おゆきは、ひどく怒っている。

と、京之助は察知した。

おゆきの体や声は、恐怖や不安で震えているのではない。強い怒りである。土壇場に臨み、これほど強い怒りを見せる死罪人はめずらしい。

京之助は、おゆきの木綿《もめん》の単衣《ひとえ》の襟に目をやった。裂けて、何か棒状の物が挿《さ》し込んである。簪らしい。

京之助は襟に手を伸ばして、簪を抜き出した。銀簪だった。毬《まり》を模したちいさな丸い玉がついている。古い物で、丸い玉には疵《きず》もあった。

簪を見て、京之助の胸に若いころの初恋の娘の顔がよぎったが、すぐに振り払った。おゆきが、初恋の娘と重なると首を斬りづらくなると思ったのである。

三人の介添人は、何もいわなかった。簪はめずらしいが、ツルと思ったようだ。罪人は入牢《じゅろう》するとき、金子《きんす》を帯や衣類の縫目《ぬいめ》に入れて持ち込むことが多かった。その金子はツルと呼ばれ、牢番も黙認していた。金子は多くの場合、牢名主に渡される。罪人が牢屋で生きていくための上納金のようなものである。

ツルは、斬首のおりに、介添人に渡されることもあった。口のなかに含んできて、斬首される前に吐くのだ。そのツルは、死後自分の死体を丁寧《ていねい》に扱ってほしい、という依頼である。そうしたことがあったので、介添人たちは簪が京之助に渡されても、首斬り人へのツルとみたのである。

「その簪で、源次《げんじ》を殺して！」

おゆきの声は、強い怒りに震えていた。

「……！」

京之助は、簪を手にしたまま言葉が出なかった。どう答えていいか、分からなかったのだ。

「殺して！　やっぱりあたしは騙《だま》されてたんだ！　あたしの恨みを晴らして」

おゆきの必死の声が、京之助の耳を打った。

京之助は、面紙の脇からおゆきの横顔を見た。土気色をした顔が怒りに震え、ゆがんでいる。

「分かった。源次も、あの世へ送ってやろう」

京之助が小声で応えた。

咄嗟《とっさ》に、京之助はおゆきの強い怒りを抑え、安らかな気持ちになってから、冥土《めいど》に送ってやろうと思ったのだ。

山田道場では、斬首に臨むおりに死罪人が抱く、恐怖、怯《おび》え、怒り、恨《うら》み、不安、後悔など諸々《もろもろ》の感情をできるだけ抑え、すこしでも安らかな気持ちにさせてから冥土に送り出してやるのが首斬り人の務めである、と教えていた。

京之助は、おゆきが怒りの炎を燃やしたまま冥土に旅立つのは忍びなかった。それで、源次もあの世へ送ってやる、と応えたのである。

おゆきの横顔から、拭《ぬぐ》いとったように怒りの色が消えた。

「あ、ありがとうございます」

おゆきが涙声で言った。おゆきの体の震えが収まり、色白の細い首がわずかに前に伸びた。

介添人がおゆきの両足を押さえ、背を前に押して、さらにおゆきの首を前に出させた。

京之助は上段に振りかぶり、脳裏《のうり》で念仏を唱《とな》えた。

京之助の全身に斬撃の気がはしった。次の瞬間、刃音とともに閃光がきらめいた。にぶい骨音がし、おゆきの首が前に落ち、首根から噴出した血が赤い帯のように前に飛んだ。おゆきの首の血管《ちくだ》から噴出した真紅の血は、見る者の目に赤い帯のように映じた。

おゆきの首が、血溜めの穴に敷かれた筵に転がった。噴出した血が、おゆきの首を赤い布でつつんでいく。

二

その日、京之助は斬首を終えると、道場主の吉利に断り、牢屋敷内の同心長屋に立ち寄った。鍵役同心に、おゆきのことを訊いてみようと思ったのだ。おゆきとの約束を果たし、源次なる者を殺すかどうかは別にしても、おゆきの強い怒りが何から生じたのか、それだけでも知りたかった。源次が罪を犯しているなら、町方に知らせて相応の処罰を与えることはできる。

だが、鍵役同心がおゆきのことで知っていたのは、罪状と牢内でときおり強い怒りの表情を見せることがあった、ということぐらいだった。

「おゆきを捕らえたのは、御番所（町奉行所）のどなたですか」

京之助は、おゆきを捕らえた町奉行所の同心に訊けば、様子が知れるのではないかと思ったのだ。

「北町奉行《きたまちぶぎょう》所の定廻《じょうまわ》りの卯月峰之助《うづきみねのすけ》どのです」

定廻り同心は、市井《しせい》で起こる事件の探索や下手人《げしゅにん》の捕縛にあたる同心である。ちなみに、町奉行所には、「捕物並びに調べもの」と呼ばれる定廻り、臨時廻り、隠《おん》密《みっ》廻りの三廻りの同心がいて、その三役で市井で起こる事件にあたっていた。いそがしい身だが、話を聞くことぐらいはできるだろう。

「かたじけない」

京之助は、鍵役同心に礼を言って長屋を出た。

牢屋敷を出た足で、京之助は八丁堀《はっちょうぼり》にむかった。町奉行所の同心と与力は、八丁堀に住んでいたのである。

卯月は八丁堀の組屋敷にいた。市中巡視から帰り、屋敷内でくつろいでいたところらしい。

卯月は四十がらみだった。市中巡視で陽に灼《や》けたらしく、浅黒い顔をしていた。剽悍《ひょうかん》そうな面構えである。

京之助は卯月に、自分は山田道場の門人で、今日牢屋敷内でおゆきを斬首したことを話し、

「気になっていることがござる。卯月どのは、この簪をご存じでござろうか」

そう言って、懐《ふところ》から銀簪を取り出し、卯月に見せた。

卯月は銀簪を手にして見ていたが、

「いや、初めて見る簪だが……」

と、言って首をひねった。

「この簪は、おゆきが土壇場まで隠し持っていた物です」

京之助は、おゆきに、源次を殺すよう頼まれたことは伏せておいた。迂闊《うかつ》に、口にできることではなかった。

「どういうことかな」

卯月は怪訝《けげん》な顔をした。

「ツルのつもりだったのかもしれません」

そう言って、京之助がさらにおゆきのことを訊こうとすると、

「ともかく、上がってくれ。ここで、立ち話というわけにはいかないようだ」

卯月は京之助を家に招じ入れた。

卯月は座敷に腰を落ち着けると、

「その簪は、おゆきのものですか」

念を押すように訊いた。

「まちがいありません」

「うむ……」

　卯月は、記憶をたどるような顔をして首を捻《ひね》った。

　京之助は、土壇場でおゆきが襟に隠してあった簪のことを口にしたことを話し、

「そのとき、おゆきが源次という男のことを話したのですが、卯月どのは源次をご存じでござろうか」と、訊いた。

「源次という男は知っています。ただ、おゆきから聞いただけだが……」

　卯月がおゆきと源次のことを話し出した。

　おゆきは源次と恋仲で、近いうちにいっしょになることを約束していたという。

「おゆきは、日本橋伊勢町《にほんばしいせちょう》にある相模屋《さがみや》という薬種問屋の女中をしてましてね。源次と所帯を持つために金が必要だったらしく、二十両の金を盗んだようです。それが発覚して、御用になったわけですよ」

　卯月によると、おゆきは店の者が寝静まった後、ふだん出入りしている背戸から忍び込み、帳場の奥の小簞笥《こだんす》のなかにしまってあった金を盗んだという。

「その金は、どうなりました」

　二十両は大金である。おゆきのような女には、滅多《めった》に手にできない金額だろう。

「おゆきは、使ってしまったと言ってましたがね。そっくり源次に、渡っているとみてます」

卯月が、渋い顔をして言った。

「源次の生業《なりわい》は、何です」

京之助は、源次が真っ当な男ではないような気がした。

「おゆきの話では、源次は大工とのことだったが、遊び人のようだな」

卯月によると、おゆきを捕らえた後、おゆきから聞いた源次の住む長屋に行ってみたが、源次は長屋を出た後だったという。

「長屋の者に訊くと、源次は大工という触れ込みで長屋に住んでいたらしいが、大工どころか、昼間っから遊び歩いていたそうですよ。……おゆきは、源次に騙されたのかもしれないな」

「いま、源次はどこにいるか、分かりますか」

京之助は、源次の居所が知れれば、簪のことだけでも訊いてみたいと思った。

「それが、分からないのだ。おれも気になって、その後何度か長屋に行ってみたが、源次が帰った様子はなかったよ」

卯月が浮かぬ顔をして言った。

「そうですか」

「ところで、片桐どのはその簪をどうするつもりです」

卯月が訊いた。

「しかるべき者に、返そうと思っているのですが……」

京之助は語尾を濁《にご》した。だれに返せばいいか、分からなかったのである。

「おゆきの身内といえば、母親ぐらいかな」

卯月が小声で言った。

「母親は、どこに住んでるんです」

「長屋でな。相模屋と同じ伊勢町にある庄兵衛《しょうべえ》店《だな》だ」

卯月によると、母親の名はおしげだという。

「近くを通りかかったときに、行ってみますよ」

京之助は、卯月に礼を言って腰を上げた。

そろそろ、陽が沈むころである。これ以上長居すると、卯月家に迷惑がかかると思ったのだ。

三

京之助は、日本橋伊勢町に来ていた。京之助がいるのは、長屋につづく路地木戸の前である。

　卯月と会った三日後だった。昨日も牢屋敷で斬首が行われ、京之助は小伝馬町に出かけていて、伊勢町に来られなかったのだ。

　この日、京之助は、山田道場での稽古《けいこ》を早めに切り上げて伊勢町に足を運んできた。表通りにある相模屋の近くで、八百屋の親爺《おやじ》に庄兵衛店のことを訊くと、

「この通りを一町（約百九メートル）ほど行きやすと、そば屋がありやしてね。庄兵衛店は、そば屋の脇を入った先でさァ」

　と、教えてくれたのだ。

　京之助が路地木戸の前に立っていると、盤台を天秤《てんびん》で担《かつ》いだぼてふりが、訝《いぶか》しそうな目で京之助を見ながら通り過ぎていった。

　京之助は羽織袴《はおりはかま》姿で、二刀を帯《お》びていた。長屋には縁のない、御家人か江戸勤番の藩士といった恰好《かっこう》である。

　京之助は、八十石を喰《は》む御家人の冷や飯食いだった。二十代半ばになってから、次男の京之助が幕府へ出仕するのはむずかしかった。京之助は斬首の腕と刀槍の試し斬りで、生きていこうと思い、山田道場に入門したのだ。

　斬首の術は罪人の首を落とすだけでなく、切腹の介錯人《かいしゃくにん》にも必要なのだ。昨今、

大名家でも、藩士のなかに介錯人の務まる者がいないのが実情だった。それで、いざというときのために、腕のいい介錯人を求めている藩もあったのである。

……入ってみるか。

京之助は、路地木戸をくぐった。

木戸の先に井戸があり、長屋の女房らしい女が釣瓶《つるべ》で水を汲んでいた。

「つかぬことを訊くが、この長屋におしげという女が、住んでいないかな」

京之助が女房らしい女に訊いた。

「おしげさんなら、いますけど」

女の顔に、好奇の色が浮いた。羽織袴姿の武士が、長屋の者を訪ねてくるのはめずらしいのだろう。

「おしげさんの家に、おゆきさんという娘さんは、いなかったか」

京之助が穏やかな声で訊いた。

「いましたけど……。おゆきさん、亡くなりましたよ」

女は急に眉《まゆ》を寄せ、悲しげな表情を浮かべた。おゆきが処刑されたことは、長屋にも伝わっているらしい。

「亡くなったのは知っている。……ゆえあって、おゆきから預かった物があるのだ。

そのことで、おしげさんに訊きたいことがあってな。どこの家か教えてくれんか」

京之助が、もっともらしく言った。

「すぐですよ。あたしが、いっしょに行きますから」

女は釣瓶を置き、先にたって歩きだした。

女は京之助を井戸の南側にあった棟《むね》の端の家の戸口まで連れていき、勝手に腰高《こしだか》障子《しょうじ》をあけると、

「おしげさん、お客さんだよ。……お武家さんなの。おゆきさんのことで、話があるみたい」

と声をかけ、旦那、入ってください、と言った。

女はその場に残って、話を聞きたいような素振りを見せたが、京之助が渋い顔して目をやると、

「わたし、水汲みに来たんだわ」

と言い残し、そそくさと井戸へもどった。

京之助は土間に入った。女がひとり、薄暗い座敷のなかほどに敷いた夜具の上に身を起こしていた。痩《や》せた初老の女である。ひどい姿だった。ひさしく髷《まげ》を結《ゆ》っていないらしく、ざんばら髪で、頬《ほお》や首筋に垂れていた。継《つ》ぎ当てだらけの汚れた単《ひと》

衣《え》の襟の間から、鎖骨としなびた乳房が覗《のぞ》いている。

「病《やまい》かな」

京之助が訊いた。

「い、いえ……」

おしげは、慌《あわ》てた様子で襟元を合わせた。病気ではないようだ。おゆきが首を斬られたことを知り、その衝撃で寝込んでしまったのではあるまいか。

「おゆきのことでな、訊きたいことがあるのだ」

「お、お武家さま……。おゆきは、亡くなりました」

ふいに、おしげが顔をゆがめた。嗚《お》咽《えつ》が衝《つ》き上げてきたのかもしれない。

「知っている」

京之助は、腰を下ろさせてもらうぞ、と言って、大刀を鞘ごと抜いた。そして、上がり框《かまち》に腰を下ろし、大刀を脇に置いた。

「おれは、ゆえあって、牢屋敷でおゆきと顔を合わせたのだ」

さすがに、京之助も母親におゆきの首を斬ったとは言えなかった。

「……！」

おしげが驚いたような顔をして京之助を見た。

京之助は懐から銀簪を取り出し、

「おしげ、この簪に見覚えがあるか」

と、銀簪を差し出しながら訊いた。

「そ、それは、おゆきが、持っていた簪です。どうして、お武家さまが……」

おしげが、夜具から身を乗り出すようにして訊いた。

「おゆきと、牢屋敷で顔を合わせたときにな、これで、恨みを晴らしてくれ、と言って渡されたのだ。……だが、どういうことか、俺にはよく分からないのだ」

京之助は、源次の名を出さなかった。おしげが何と言うか、聞きたかったのである。

「げ、源次です！　お、おゆきは、源次を恨んでいたんです」

おしげの声が、怒りに震えた。その声のひびきに、おゆきと似たところがあった。やはり、親子である。

「なぜ、おゆきは源次を憎んでいたのだ」

京之助はおしげに体をむけて訊いた。

「お、おゆきは、源次に騙されたんです。おゆきは、源次に二十両ほどないと、殺されるので助けてくれと言われ、それを真に受けて、あんなことを……」

おしげが、衝き上げてきた強い怒りを抑えながら言った。

「店の金に手を付けたのだな」

「そ、そうです。可哀相《かわいそう》に、おゆきは源次に騙されて……」

おしげは顔を両手で覆《おお》い、体を揺らしながら嗚咽を洩《も》らした。

「おゆきは、源次を助けるために、相模屋の金に手を付けたのか」

「は、はい……」

おしげは、顔を両手で覆ったまま答えた。

「なぜ、二十両ないと、源次は殺されるのだ」

京之助が訊いた。

「わ、わたしには、分かりません」

「この簪は、どうしたのだ。おゆきが、自分で買ったのか」

「お、おゆきは、源次と知り合った当初、簪を買ってもらったと言って喜んでました。源次と逢うときには、いつも髪に挿していったのに……」

おしげの声が、また嗚咽でとぎれがちになった。

「おゆきは、源次とどこで知り合ったのだ」

「せ、浅草寺《せんそうじ》の帰りです」

おしげが、とぎれとぎれに話したことによると、おゆきは浅草寺にお参りにいった帰り、駒形町《こまがたちょう》近くで、ふたりのならず者にからまれて手籠《てご》めにされそうになった。そこへ、源次が飛び込んできて、ならず者を追い払ってくれた。それをきっかけに、おゆきと源次は、夫婦約束をするほどの仲になったという。

「その源次を助けるために、おゆきは二十両の金を都合しようとして……」

京之助はおしげの話を聞いて、女誑《おんなたら》しがよく使う手口だ、と思った。源次がおゆきを騙したのなら、ふたりのならず者は、源次の仲間にちがいない。

「いま、源次はどこに住んでいるか、知らないか」

「知りません」

おしげは、あの娘《こ》が、可哀相で……と涙声で言い、また両手で顔を覆ってしまった。

「あの娘は最後まで信じていたようだったけど、死ぬ間際に気付いたんだねえ……。でも、遅かった」

その指の間から、細い嗚咽が洩れた。

「おしげ、気をしっかり持てよ。おゆきの恨みは、きっと晴らしてやる」

そう言い残し、京之助は腰高障子をあけて外に出た。

京之助は路地を歩きながら、若いころ想いを寄せた娘のことを思い出した。痩せ衰えたおしげの姿を見たせいかもしれない。想いを寄せた娘も労咳《ろうがい》にかかり痩せ衰えて亡くなったのである。

おゆきと痩《や》せ細ったおしげが重なり、京之助の胸に強い悲哀が込み上げてきた。

四

京之助が山田道場に入っていくと、門弟の小西達三郎《こにしたつさぶろう》が、道場の隅《すみ》で真剣を遣《つか》って巻藁を斬っていた。巻藁は青竹に藁を巻いて縛ったものである。刀を斬り下ろすさいの体勢と呼吸が大事で、刃筋がたっていないと斬れない。巻藁斬りは、斬首や試し斬りのための大事な稽古である。

タアッ！

鋭い気合とともに、小西が袈裟《けさ》に斬り下ろした。

ザバッ、と音がし、立てた巻藁の半分ほどが斜《はす》に裂けて落ちた。

「みごとだな」

京之助が小西に声をかけた。

「まだまだ未熟です」

小西は手の甲で、額の汗を拭いながら言った。小西は山田道場に入門してまだ三年目の若い門弟である。

「たしか、小西の家は浅草《あさくさ》にあったな」

京之助が、訊いた。

「はい、元鳥越町《もととりごえまち》の近くです」

小西家も御家人だった。京之助と同じように、山田流試刀術で身をたてようと、道場に通っていたのだ。

通うといっても、山田道場は外桜田《そとさくらだ》の平川町《ひらかわちょう》にあったので、浅草から通うことはできない。小西は内弟子として、道場のそばにある長屋に住んでいた。

「ちかごろ、家には帰らないのか」

「いえ、四、五日に一度は帰ります」

「それなら、浅草のことを知っているな」

京之助は浅草に出かけて、源次のことを探ってみようと思ったのだ。

「どんなことでしょうか」

「いや、おれが、小伝馬町で斬ったおゆきという女がな、土壇場で、おれにこれを渡したのだ」

京之助は、懐から折り畳《たた》んだ奉書紙を取り出してひらいた。なかに、おゆきから渡された銀簪が入っていた。

「簪ですか」

小西が驚いたような顔をした。

「土壇場で、これを源次という男に渡してくれと頼まれたのだ。今わの際《きわ》の頼みなので、おれも断れなかった」

「そうですか」

「簪を渡そうと思って、源次という男を探しているのだが、居所が分からないのだ」

「何か分かっていることはないのですか」

小西が訊いた。京之助の話に興味を持ったらしい。

「ないことはない。源次は、浅草寺や駒形町辺《あた》りに塒《ねぐら》があるらしいのだ」

おゆきは、浅草寺のお参りの帰りに駒形町でならず者たちに襲われた。そのとき、源次が助けにはいった。京之助は源次がおゆきを騙そうとして近付いたのなら、浅草寺界隈《かいわい》か駒形町辺りで幅を利《き》かせている男のような気がしたのだ。

「浅草寺や駒形町辺りと言われても……」

小西は困惑したような顔をした。

「その辺りのことにくわしい男を知らないか。土地の顔役か、御用聞きに訊けば分かるかもしれない」

「駒形町に、島造《しまぞう》という御用聞きがいると聞いた覚えがあります」

小西が言った。

「その御用聞きは、駒形町のどこに住んでいるのだ」

「さァ、そこまでは知りませんが」

「そいつに、駒形町で訊けば分かるな。小西、助かったよ。稽古をつづけてくれ」

そう言い置き、京之助は道場を出た。

まだ、五ツ半(午前九時)ごろだった。道場から駒形町まで遠いが、京之助はこれから行ってみようと思った。


京之助は奥州《おうしゅう》街道を北にむかい、駒形町に入ると、街道沿いに笠屋があるのを目にした。店先に菅笠《すげがさ》、網代笠《あじろがさ》、八ツ折り笠などがぶら下がっている。旅人相手の店らしい。

京之助は笠屋に歩を寄せた。店先から覗くと、奥の小座敷でおやじらしい男が、積み上げた菅笠を前にして座っていた。売り物の笠の品定めをしているらしい。

京之助は店に入った。あるじに、島造の住居を訊いてみようと思ったのだ。

「いらっしゃい」

あるじは立ち上がり、揉《も》み手をしながら売り場の框近くまで出てきた。京之助を客と思ったのだろう。

「あるじか」

「はい、八助《やすけ》ともうします」

八助は愛想笑いを浮かべた。

「ちと、訊きたいことがあるのだがな」

「……………」

八助の顔から愛想笑いが消えた。京之助が、客ではないと分かったからであろう。

「この辺りに、島造という御用聞きが住んでいると聞いたのだがな」

「島造親分ですか」

八助が無愛想な顔で言った。

「島造の家は、どこか知っているか」

「知ってますよ」

八助が、島造は大川端《おおかわ》の通りでそば屋をやっていると話した。

「どの辺りだ」

大川端の通りといわれても探しようがない。

「竹町《たけちょう》の渡し場の近くでさァ。たしか、笹屋《ささや》という店ですよ」

竹町の渡し場は、浅草材木町《ざいもくちょう》と対岸の本所《ほんじょ》の中之郷《なかのごう》竹町を結ぶ舟の渡し場である。

「手間をとらせたな」

そう言い置いて、京之助は店を出た。

五

京之助は竹町の渡し場の近くまで来ると、通りかかった船頭に、

「この近くに、笹屋というそば屋はないか」

と、訊いた。探すより訊いた方が早いと思ったのだ。

「ありやすよ。そこの船宿の脇でさァ」

船頭が指差した。

見ると、二階建ての船宿の脇に小体《こてい》な店があった。戸口の腰高障子に「そば切、

笹屋」と書いてあった。

「あれだな」

京之助は笹屋に足をむけた。

腰高障子をあけると、土間に飯台が置いてあり、隅の飯台で船頭らしい男が、そばをたぐっていた。

「いらっしゃい」

土間の奥で、男の声がした。

見ると、小柄で浅黒い顔をした男が、濡れた手を前だれで拭きながら出てきた。男は戸口にたっている京之助を見ると、戸惑《とまど》うような顔をした。武士だったからであろう。

「島造か」

京之助が訊いた。

「へ、へい」

「ちと、訊きたいことがあって来たのだがな。座敷はあるか」

京之助は、客のいる場では話しづらいと思ったのだ。

「ありやすが……」

島造は困惑したような顔をした。いきなり、見ず知らずの武士に、訊きたいことがと言われて、困っているようだ。

京之助は島造に身を寄せ、

「北の御番所の卯月どのと、知り合いなのだ」

と、ささやいた。知り合いというほどではないが、話をしたことがあるのでそう言ったのだ。

「卯月の旦那のお知り合いですかい」

島造が腰を低くして訊いた。

島造は京之助が事件のことで来たと察知したらしく、顔がけわしくなり、腕利きの岡っ引きらしい凄みのある表情になった。京之助は八丁堀ふうの恰好をしていなかったので、隠密廻りの同心とでも思われたのかもしれない。

「そうだ」

「こちらへ」

島造は、京之助を土間の先にある小座敷に連れていった。馴染《なじ》みの客に使わせる座敷らしい。

京之助は座敷に腰を落ち着けるとすぐ、

「これを見てくれ」

と言って、懐から折り畳んだ奉書紙を取り出してひらいた。銀簪が入っている。

「古い簪だが、これがどうかしましたかい」

島造が訊いた。

「小伝馬町の牢屋敷で、首を斬られたおゆきという娘が持っていた物だ」

京之助は、自分の手でおゆきの首を斬ったことは口にしなかった。

「おゆきなら、知ってやすぜ。……薬種問屋の相模屋から、二十両盗んだ女と聞いていやす」

島造が声を低くして言った。

「おゆきは、この簪をくれた男に騙されて、二十両盗んだらしいのだ」

京之助も声をひそめた。

「その男がだれか、分かってるんですかい」

島造が身を乗り出して訊いた。

「源次という男だ」

「騙《だま》しの源次か！」

島造が声高に言った。

「源次を知っているのか」

「知っていやす」

「どんな男だ」

「源次は、騙しの源次と呼ばれてやしてね。浅草寺界隈を縄張りにしている遊び人でさァ。すこしばかり男前なのをいいことに、うぶな女を騙して金を巻き上げたり、女郎屋に売り飛ばしたりしている悪党《わる》で」

島造の顔にも、怒りの色が浮いた。

「やはりそうか。……この簪は、おゆきが源次にもらったものだ。おそらく、源次は別の女から巻き上げたか、古物屋で安く買ったかした簪をおゆきに渡して気を引き、その気にさせたのだろう」

京之助は、源次の正体が見えたような気がした。そして、京之助の胸にも、女を食い物にしている源次への強い怒りが衝き上げてきた。

……源次は、おれの手で斬る！

京之助は腹をかためた。

「旦那、おゆきが盗んだ二十両は、源次に渡ったんですかい」

「そうだろうな。源次はおゆきに、二十両ないと殺される、と言ったそうだ」

「おゆきは、それを真に受けて二十両盗み、源次に渡したのだな」

島造が虚空《こくう》を睨《にら》むように見すえて言った。

「おゆきは、盗んだ金を源次に渡した後、自分が騙されたことを知ったらしいな」

京之助は、おゆきが土壇場まで持ってきた源次に対する強い怨念は、源次に騙されたことを知ったからだろう、と思った。

「そういえば、半月ほど前、源次が若い娘と歩いているのを見かけやしたぜ」

「うむ……」

おゆきも、源次が別の女に手を出したのを知ったのかもしれない。

「旦那、源次をひっくくりやすか」

島造が意気込んで言った。

「いや、源次は卯月どのにまかせよう。……卯月どのが、おゆきを捕らえたのだからな」

「承知しやした」

島造は小声で応えた。

「島造、卯月どのに手を貸してもらえないか」

京之助は、島造なら源次の居所をつきとめるのも早いだろうと思った。ただ、島造が卯月の下で動くのは、むずかしいのかもしれない。島造は、別の同心に手札を貰っているはずなのだ。

「源次の居所を卯月どのに知らせるだけでいいのだ」

京之助が、言い添えた。

「ようがす。おゆきをお縄にしたのは卯月の旦那だと、みんな知っていやす。あっしが、源次の居所を卯月の旦那に知らせたってどうということはねえ」

「頼む」

「旦那、源次には仲間もいやす。そいつらも、いっしょにひっくくってやりやすよ」

島造が意気込んで言った。

六

京之助は駒形町から山田道場に帰る途中、卯月の住む八丁堀の組屋敷に立ち寄った。おりよく、卯月は巡視からもどって屋敷にいた。

「まァ、上がってくれ」

卯月は京之助を招じ入れた。

　京之助は、以前卯月と話した座敷に腰を落ち着けると、

「源次のことが、だいぶ知れたよ」

　と、切り出し、おしげと島造から聞いた話をかいつまんで話した。卯月と話すのは二度目ということもあり、京之助は仲間内で話すようなくだけた物言いをした。

「おぬし、よく探ったな」

　卯月が驚いたような顔をした。

「おれは、預かった簪を渡す相手を探そうとしただけだ」

　事実そうだった。ところが、源次の悪事がはっきりしてくると、何としても源次の首はおれの手で斬りたい、と思うようになったのだ。

「やはり、源次が糸を引いていたか」

　卯月の顔がけわしくなった。

「おゆきは、源次に騙されたとみていいな」

「それで、源次をどうするつもりなのだ」

　卯月が訊いた。

「おぬしに、源次を捕らえてもらいたい」

　京之助には源次を待ち伏せて斬る手もあったが、それより首斬り人として、源次

の首を斬り、おゆきの恨みを晴らしてやりたかった。それには、源次を捕らえて罪状を明らかにし、死罪人として土壇場に引き出さねばならない。

「承知した。……おゆきを捕らえたてまえ、おれの手で源次に縄をかけてえからな」

卯月の物言いが、急に伝法《でんぽう》になった。定廻りや臨時廻りの同心は、巡視のおりや事件の探索などで、ならず者や無宿人などと接する機会が多く、どうしても言葉遣いが乱暴になるのだ。

「それで、捕らえた源次だが、死罪になるだろうか」

京之助は、それが気になっていた。源次が死罪にならなければ、牢屋敷で首を討つことはできない。

「まちがいなく、死罪だな。おゆきは源次にそそのかされたようだが、源次がおゆきを騙して二十両盗ませたとみていい」

「卯月どのの言うとおりだ」

「それだけではないぞ。源次が、若い娘を騙して女郎屋に売り飛ばしたという話もある。なかには、攫《さら》われた娘もいるだろう。やつの悪事をはっきりさせれば、土壇場に座らせることはできるはずだ」

卯月が語気を強くして言った。

それから、十日ほどした午後、島造が山田道場に京之助を訪ねてきた。

島造は物珍《ものめずら》しそうに道場内の稽古を見ながら、

「卯月の旦那に言われて来やした」

と、声をひそめて言った。

「外で話すか」

京之助は、島造を道場の外に連れ出した。他の門弟もいるので、道場内で話すことはできなかったのだ。

京之助は道場の脇の欅《けやき》の陰まで行くと、足をとめ、

「よく、おれがここにいると知れたな」

と、島造に訊いた。京之助は、自分が山田道場の門弟だと島造に話していなかったのだ。

道場からは、門弟たちの気合や巻藁を斬る音などが聞こえていた。

「卯月の旦那から、山田道場だと聞きやした」

「そうか。……それで、源次を捕らえたのか」

京之助は、その報告のために島造が道場に来たのだろうと思った。

「へい、一昨日、源次と仲間のふたりをお縄にしやした」

島造によると、源次は騙した水茶屋の女を浅草諏訪町《すわちょう》の借家にかこっていたという。その妾宅《しょうたく》に源次が姿を見せたところへ、卯月をはじめ十数人の捕方が踏み込んで捕縛したそうだ。

源次は懐に呑んでいた匕首《あいくち》を手にして抵抗したが、何人もの捕方にかこまれて縄をかけられたという。

「源次の仲間は」

京之助が訊いた。

「仲間は、政吉《まさきち》と弥助《やすけ》ってえ遊び人でさァ」

源次は、ふたりを手先のように使って悪事を働いていたという。

卯月たちは源次を捕らえた後、ただちに政吉と弥助の住む長屋にむかい、その日のうちにふたりを捕らえたそうだ。

「政吉と弥助の塒が、よく分かったな」

京之助は、ふたりの名も知らなかったのだ。

「あっしらは、旦那から話を聞いた後、手分けして浅草を探ったんでさァ。そんとき、源次が政吉と弥助を連れて歩いているのを目にしやしてね、跡を尾《つ》けて、政吉と弥助の野郎もつきとめたんでさァ」

島造が得意そうな顔をした。

「それで、捕らえた源次たちはいまどこにいるのだ」

まだ、小伝馬町の牢屋敷には送られていないだろう。

「南茅場町《みなみかやばちょう》の大番屋でさァ」

大番屋は調べ番屋とも呼ばれ、仮牢もあった。下手人を捕縛すると、まず大番屋で吟味し、奉行所から入牢証文がとれると、下手人は小伝馬町の牢屋敷に送られるのである。

いまごろ、源次たち三人は、卯月と同じ北町奉行所の吟味《ぎんみ》方与力の手で調べられているにちがいない。

「それで、源次はおゆきとのことを吐いたのか」

「源次は、しらを切ってたようですがね、政吉と弥助が口を割ったと知って、話すようになったそうで」

「それで、源次はどうなる」

「卯月の旦那が、源次は近いうちに小伝馬町の牢に送られると言ってやしたぜ」

島造が小声で言った。

「そうか」

おそらく、源次は牢屋敷内で斬首されることになるだろう。

「旦那、簪はどうしやした」

島造が訊いた。

「まだ、持っている。簪は、土壇場で源次に返すつもりだ。おゆきの無念の気持ちを伝えてからな」

京之助は源次の処刑の知らせが道場に来たら、浅右衛門に頼んで源次の首を斬らせてもらうつもりだった。

「島造、卯月どのに会ったら、伝えてほしいことがある」

京之助が声をあらためて言った。

「何です」

「源次の首は、片桐京之助が斬るとな」

七

島造が山田道場に来てから一月ほど経った日の午後——。山田道場に北町奉行所の牢屋見廻り与力の篠田弥太郎《しのだやたろう》が姿を見せた。

篠田は、北町奉行所で扱った事件の死罪人の処刑を頼みに来ることが多かった。

篠田は初老だった。鬢《びん》や髷に白髪が混じっている。

篠田は、山田家の客間で浅右衛門と顔を合わせると、

「明日、死罪人の斬首をお願いしたいが」

と、こともなげに言った。

やはり、篠田は死罪人の斬首の依頼に来たのである。

「何時《なんどき》でござろうか」

浅右衛門が訊いた。篠田も浅右衛門もいつものことなので、茶飲み話でもするような口調だった。

「いつものように、四ツ（午前十時）ごろ、小伝馬町にお越しいただきたいが」

「承知しました。……それで、死罪人は何人ですかな」

浅右衛門にとって、処刑する人数と死罪人の罪状、身分などは、聞いておかねばならないことだった。前もって斬り手の人数を決めておく必要があったし、死罪人の身分や罪状で、斬り手も決まってくるのである。

篠田は懐から書付を取り出すと、それに目をやり、

「四人でござる」

と前置きして、話し出した。

「まず、盗人の政五郎《まさごろう》――」

篠田によると、政五郎は商家に忍び込んで百両ちかい金を奪ったが、隠れ家にひそんでいるところを町方に見つかって、お縄になったという。

「それに、女を騙して商家から二十両の金を盗ませた源次でござる」

篠田が源次の名を口にした。

「源次に騙された女は、おゆきという名ではござらぬか」

浅右衛門は、門弟の片桐京之助から、

「お師匠《ししょう》、小伝馬町より、源次なる者の斬首の依頼がありましたら、なにとぞそれがしに首斬り役をおおせつけください」

と、懇願《こんがん》されていたのだ。

浅右衛門は、京之助がいつになく熱心なので事情を訊くと、

「それがしは、以前源次という男に騙され、商家から二十両の金を盗んだおゆきという女の首を小伝馬町で斬っております。そのとき、土壇場でおゆきに、敵《かたき》を討ってくれ、と頼まれました」

「敵を討ってくれとな」

浅右衛門が訊き返した。

「はい、おゆきは、わたしと同じ土壇場で、騙した源次の首を討ってくれ、と言いたかったようです」

京之助は、銀簪のことや卯月とのことまでは口にしなかった。

「うむ……」

浅右衛門は、京之助がおゆきという名の女の首を斬ったことを覚えていなかった。山田道場の浅右衛門と手代わりが務まる高弟は、町奉行所の依頼で日によっては何人もの死罪人の首を斬る。名の知れた者や斬首のおりに特別なことがなければ、だれがだれの首を落としたか、あまり覚えていないのだ。

篠田はいっとき記憶をたどるように虚空に視線をとめていたが、

「詳しいことは存じませんが、源次に騙された女は、すでに死罪になっていると聞いています」

と、静かな声で言った。

「やはり、源次は、おゆきという女を騙した男のようだ」

浅右衛門は、源次は片桐にまかせよう、と思った。

「他のふたりは」

浅右衛門が篠田に訊いた。

「源次の子分の政吉と弥助でござる」

「承知した」

浅右衛門は、盗人の政五郎は自分で斬り、政吉と弥助は吉豊と青木《あおき》又三郎《またさぶろう》にまかせようと思った。青木は、山田道場では浅右衛門に次ぐ腕の主である。

浅右衛門は篠田が帰ると、さっそく道場にいる京之助、吉豊、青木の三人を座敷に呼んだ。

「明日、小伝馬町に行くことになった」

浅右衛門が切り出した。

京之助たちは、黙したまま視線を浅右衛門に集めている。

「死罪人はいずれも男で、四人とのことだ。わしが、ひとり斬る。残りの三人は、ここにいる三人でひとりずつ斬ってくれ」

浅右衛門は、四人の死罪人の名と罪状を口にしてから、

「わしが政五郎、吉豊が政吉、青木に弥助を頼む」

吉豊と青木に伝えた後、京之助に目をむけて、

「片桐には、源次を斬ってもらう」

と、声をあらためて言った。

「お師匠のご配慮《はいりよ》、かたじけのうございます」

京之助は両手を畳について、深く頭を下げた。

「いつものように、四ツ前に牢屋敷に着けるようにここを出たい。門弟たちに話して、準備しておいてくれ」

浅右衛門が言った。

「御試しは、ございますか」

青木が訊いた。

御試しとは、刀槍の切れ味を試すことである。山田家では、幕府だけでなく大名家や大身の旗本からも、刀槍の切れ味を試す依頼を受けていた。山田道場では斬首の後、牢屋敷内の御試し場で、死罪人の死体を使って試し斬りにすることがあったのだ。御試しをするなら、そのための準備もしなければならない、と青木は思ったようだ。

「いや、明日は死罪人の首を斬るだけだ」

そう言い置き、浅右衛門は腰を上げた。

京之助たち三人は、ただちに道場にもどり、門弟たちに明日小伝馬町に行くことを伝えた。

八

初秋の陽射しが土壇場を照らしていたが、暑さは感じなかった。秋の到来を思わせる涼気をふくんだ微風《そよかぜ》が流れ、柳の枝葉がサワサワと揺れている。

京之助は土壇場の脇の柳の樹陰で肩衣をはずし、襷《たすき》で両袖を絞った。斬首の支度をしていたのだ。

浅右衛門、吉豊、青木の三人は、すこし離れた柳の樹陰にいた。死罪人の首を斬る支度はまだ始めていない。

京之助が一番手だった。源次、政吉、弥助、政五郎の順に、首を斬ることになっていたのだ。

「片桐どの、来ました」

助役の松沢が小声で言った。

そのとき、改番所の方で、「おありがとう」という男のうわずった声が聞こえた。

源次の声である。

死罪人は改番所の前で、検使与力に死罪の申し渡しを受けることになっていた。検使与力が罪状と死罪を申しつけると、死罪人は「おありがとう」と応えるのが、習わしだったのだ。

源次は大柄だった。髷が乱れている。ここに来るまでに、介添人に抵抗したのかもしれない。

源次は三人の介添人に取り囲まれ、裏門の近くの埋門の前まで連れてこられると、顔に面紙《つらがみ》を当てられた。

源次は自力で歩けなかった。激しい恐怖で体が竦《すく》んでいるのだ。源次の左右に立った介添人が、源次の両腕をとって引きずるようにして土壇場に連れてきた。源次はしきりに何かつぶやき、その場から逃げようとして身をよじっている。

「まいろう」

京之助が松沢に声をかけた。

「はい」

松沢は、水の入った手桶を持って京之助の後につづいた。

京之助は土壇場の脇に立った。松沢は京之助の脇にかがみ、源次が連れてこられるのを待った。

源次は三人の介添に支えられ、土壇場に近付いてきた。源次のつぶやく声が聞こえた。「助けてくれよう」「おれは、何もしちゃいねえ」などと、念仏でも唱えるように繰り返していた。面紙で顎《あご》の辺りが見えるだけだが、強い恐怖で顔がひき攣《つ》っているようだ。

土壇場の前で、鍵役同心が名を確かめるために「源次だな」と声をかけたが、源次は何も言わず、ちいさくうなずいただけである。

鍵役同心がその場から去ると、介添人たちは源次を血溜めの穴を前にして座らせた。源次は、嫌がるように身をよじり、首を振っている。

京之助は刀を抜かずに懐から奉書紙につつんだ銀簪を取り出し、源次に近付いた。

源次はひとの近付く気配に気付き、

「あ、浅右衛門、おれを斬るな！　斬らないでくれ」

と、声を震わせて言った。源次は京之助のことを浅右衛門と思っているらしい。

「源次、これを見ろ」

京之助は源次の顎の下に銀簪を差し出した。そこなら、面紙がしてあっても見えるはずだ。

銀簪が秋の陽射しを反射《はね》て白くひかっている。

源次の体を押さえている介添人も、意外な物を見るような顔をして銀簪に目をやっているが、何も言わなかった。

検使与力や鍵役同心などが検使場から京之助の方に目をむけているが、その場から動こうとはしなかった。首斬り人が、死罪人を落ち着かせたり、体勢を変えさせたりするために声をかけたり、近付いて体に触れたりすることがあったからだ。

「源次、この簪に覚えがあるな」

京之助は、胸に衝き上げてきた怒りを抑えながら言った。

「…………」

源次は何も言わなかったが、身をよじるのがとまった。

「この簪を持っていたおゆきの首は、おれが斬った。いま、おまえが座っているこの場でな」

「……！」

源次の体が硬直したように見えた。首を京之助の方にむけたが、面紙がしてあるので顔を見ることはできない。

「おゆきはこの場まで簪を持ってきて、おれに渡したのだ。そのとき、おゆきはこう言った。源次を殺して、あたしの恨みを晴らして、とな」

京之助の声に、強いひびきがくわわった。

「お、おゆき……」

面紙の間から、源次の声が洩れた。

「源次、おまえをここに連れてきたのは、町奉行所の同心でも、捕方でもない。この簪だよ」

「……！」

「この簪が、おまえを追いまわし、ここまで引っ張ってきたのだ」

京之助は、おゆきから渡された銀簪が、源次の悪事をあばき、居所をつきとめたのだと思った。

「源次、この簪は、おまえに返してやる。あの世まで持っていって、おゆきに詫《わ》びるんだな」

京之助は銀簪を懐にもどすと、脇に控《ひか》えている松沢に近付いて刀を抜いた。

すかさず、松沢が柄杓で手桶の水を汲み、刀身にかけた。水は刀身をつたい、切っ先から黄金色にひかりながら落ちていく。

京之助はその水滴を見つめ、己の心の昂りを静めた。

京之助が刀を手にして源次の脇に立つと、源次の体を押さえていた介添人のひとりが源次の着物の襟を下げて、首をあらわにさせた。

すると、ふたりの介添人が源次の両足を押さえ、片手を背中に伸ばして源次の首を前に出させた。

土壇場は水を打ったように静まり、源次が、「おゆき……」とつぶやいた声が、妙に大きく聞こえた。

京之助は刀を上段に構えると、脳裏で念仏を唱えた。

次の瞬間、京之助の全身に斬撃の気がはしり、刃唸《はうな》りとともに刀身がきらめいた。骨音がし、源次の首が落ちた。首根から血が噴出し、秋の陽射しのなかに赤い帯のようにはしった。

京之助は、血溜めの穴の底に敷かれた筵の上に転がっている源次の首に目をやり、

……おゆき、約束どおり、敵を討ったぞ。

と、つぶやいた。

その後、浅右衛門たちにより三人の斬首が終わると、京之助は俵につめられた源次の死体の脇に銀簪を入れた。

首斬御用承候

一

巳《み》の刻（午前十時）を過ぎているだろうか、夏の強い陽射しが武芸場の脇の八つ手の葉表に油を流したように照り、乾いた庭に濃い影を刻《きざ》んでいた。

その八つ手のそばに、横四尺（一尺は約三〇センチ）、縦二尺ほどの幅に白砂が撒《ま》いてある。

白砂の上には縁《ふち》なしの畳二帖が敷いてあり、その上に薄い浅葱《あさぎ》色の木綿《もめん》布団が広げられ、そこにも小砂利が撒いてあった。

正式な切腹場に必要な四枚折りの屏風《びょうぶ》や三方に張りめぐらせる白木綿の幕はなかったが、相応な場ができていた。

狩谷《かりや》唐十郎《とうじゅうろう》は、白砂の撒かれた東側後方に片膝を立てたまま控えていた。その唐十郎の前を、家臣と思われる二人の武士に付き添われた若侍が、ゆっくりとした足取りで歩み寄って来て、唐十郎の前で足を止め、小さく目礼した。

白装束が夏の強い陽射しに照らされ、蒼ざめた顔が白蠟《はくろう》のように浮かびあがって見えた。歳は二十三、四だろうか、痩《や》せて女のように白い肌をしている。

すでに覚悟はできていると見え、その挙動に怯《おび》えや未練の様子はなかったが、浅葱色の木綿布団の上に西向きに座したときは、指先や唇が小刻みに震えているのが見てとれた。

庭の周囲には松、槙《まき》、樫《かし》などの庭木が鬱蒼《うっそう》と茂り、その先には下人たちの長屋が長く延びていた。その葉叢《はむら》の中から鳥の囀《さえず》る声がしたが、あたりは森閑《しんかん》としている。

「狩谷どの。その者が当家の若党、森下欽之丞《もりしたきんのじょう》にございます」

前に並んだ武士たちの中から嗄《しわが》れた声が聞こえた。

そこには床几《しょうぎ》に腰を落とした当家の主、横瀬外記《よこせげき》を中心にして五、六人の羽織袴《はかま》姿の武士が一列に並んで、こちらに目を向けていた。

声をかけたのは、由良源太夫《ゆらげんだゆう》で、当家の用人を長く勤めている老人である。

「その者、腹を切りたいとの、たっての願いじゃ。作法通り、お頼みいたしたい」

「心得てござる」

言いながら唐十郎は片膝立ちから立ち上がると、肩にかけていた羽織を脱ぎ、背後に控えていた介添人の本間弥次郎《ほんまやじろう》に手渡した。すでに、襷《たすき》をかけ両袖は絞《しぼ》ってある。

唐十郎は痩身《そうしん》で色白の秀麗《しゅうれい》な顔貌をしていたが、刀を携《さ》げて上がったその顔に表情はなかった。

森下は末期《まつご》の杯を口に運び、三方《さんぼう》に載せられた切腹刀が膝前に置かれると、襟《えり》を左右に押し広げ下腹を出した。

その顔はひき攣《つ》り、両眼は何かに憑《つ》かれたような異様な光を帯びていたが、指先や唇の震えはとまっていた。

「……狩谷唐十郎。これなるは備前岡山《びぜんおかやま》の住人、津田助包《つだすけかね》が鍛えし業物《わざもの》、二尺三寸五分でございます。介錯《かいしやく》仕《つかまつ》ります」

唐十郎が言った。携《さ》げていたのは、白鞘《しらさや》の新刀だった。

身幅の広い剛剣で、冴《さ》えた地金が木洩《こも》れ日を受け白蛇の鱗《うろこ》のように鈍い光を放っている。

その刀身に、控えていた弥次郎が手桶《ておけ》の水を柄杓《ひしやく》で汲《く》み、柄《つか》から切っ先に水をかけた。

唐十郎は小さく振ってその水を切ると、切っ先を立てて八相《はっそう》に構え、森下の左背後に静かに立ってわずかに腰を沈めた。

白く細い女のような首だった。それがちいさく顫《ふる》えている。唐十郎はそのぼんのくぼに目をおいた。

気が高まってきているのか、ほのかに唐十郎の頬や首筋が朱《あけ》に染まり、細い切れ長の目が悽愴《せいそう》さを帯びてくる。

森下が三方から脇差を掴《つか》み取り、切っ先を腹に当てた瞬間、シャッと刃唸《うな》りがし、唐十郎の刀が一閃《いっせん》した。

ゴッというわずかな音がしただけで、森下の首は前に傾《かし》げ、喉皮《のどかわ》一枚を残してぶら下がった。その首の重さで上半身が前に倒れ、首根から血が激しい勢いで迸《ほとばし》り出た。

明るい陽射しの中に真っ赤な鮮血がピッ、ピッと音をたてて飛び散り、瞬《また》く間に白砂を赤い斑《まだら》に染めた。魚臭のような血の濃臭が、たちのぼってきた。

いっとき森下の首根の頸動脈からトクッ、トクッと血が噴き出ていたが、一升五合といわれる血が出尽くすと、足軽と下男が五人ほど走り出て死骸を片付け始めた。武芸場の脇に用意してある棺桶《かんおけ》に収めるのだ。

「お見事」

由良から声がかかった。

それには応《こた》えず、唐十郎は血に濡れた刀身を弥次郎の前に差し出した。すかさず、弥次郎はそれに手桶の水をかけ洗い流すと半紙を手渡す。

唐十郎は半紙で刀身を拭《ぬぐ》い、白鞘に納めると襷を外し、横瀬の前に進み出た。

「津田助包、恐ろしいほどの斬れ味にございます。御覧くだされ、刃零《はこぼ》れひとつ いたしませぬ」

唐十郎は助包を抜くと、差し出すようにして刀身を見せた。

「うむ。……さすがよのう、まるで、匂うようじゃ」

横瀬は皺《しわ》だらけの顔に喜色を浮かべ、老人特有の濁った目に偏執《へんしゅう》的な光を浮かべた。

「津田助包、この刀、特上作《とくじょうさく》にございます」

言いながら、唐十郎は刀を鞘に納め横瀬に差し出した。

横瀬は、唐十郎から助包を受け取ると、ゆっくりと抜き、「……見よ、まさに、女の肌じゃ。男の血を吸うて、喜んでおる……」と呟《つぶや》きながら、その刀身を舐めるように見つめていた。

唐十郎は小宮山《こみやま》流居合の達者だったが、試刀家を生業《なりわい》としていた。

当時、非公式ながら奉行所首斬り同心の代役として科人《とがにん》の首打役も兼務していた山田浅右衛門《やまだあさえもん》は、徳川家《とくせんけ》御佩刀御試《はいとうおためし》御用役として名をなしていたが、唐十郎は名もない市井《しせい》の試刀家であった。

身寄りのない行き倒れや自殺者などの死体があると、その死骸《むくろ》を引き取り、江戸詰めの高禄の藩士や大身《たいしん》の旗本などの屋敷に運び込み、依頼されていた刀の斬れ味を目前で斬って試すのである。

多くは運び込んだ死骸を一尺ほどに土を盛った上に横たえ、腹部を据え物斬りで試すのだが、その斬れ味によって、唐十郎は、特上作、上々作、上作の三段階に分けていた。

最下位が上作というのも変だが、唐十郎のような試刀家にわざわざ死体を斬らせて、利鈍のほどを確かめようとするほどの刀なら、少々斬れ味は悪くとも刃の模様が美しいとか白刃が深淵の青みを帯びて澄んでいるとか、観賞用としてみれば上作といってもさしつかえないものがほとんどなのである。それに、試した刀を、並《なみ》といって返すわけにもいかない。依頼主が嫌《いや》な顔をするだけならまだしも、体面を傷つけられたと思い込み、逆恨《さかうら》みをうけないともかぎらないのだ。

また、唐十郎は死体の試し斬りをするだけでなく、ときには切腹の介錯も依頼されることがあった。

江戸の藩邸内で起こった不始末や、旗本などが内々で事件の処理をしたいときに、体面を重んじて関係者に切腹を命じて始末をつけることがある。

ところが、太平に慣れた昨今の武士は、見事己《おのれ》の腹を一文字にかっさばき、胸下から切っ先を突き刺して心臓を貫《つらぬ》くなどという剛の者はまずいない。下手に腹などを切らせれば、腹部は血だらけ、臓腑《ぞうふ》を引きずりながらのたうちまわり、半日も生きているなどという不様《ぶざま》な結果になりかねない。

そこで、どうしても腕のいい介錯人が必要になる。

藩邸や旗本の配下の中に一刀で首を落とせるほどの手練《てだれ》がいないか、いても、首を刎《は》ねたことで身内に逆恨みを受ける恐れのあるような場合は、縁も所縁《ゆかり》もない市井の唐十郎のような介錯人に声がかかるのである。

今回、用人の由良がわざわざ唐十郎の自宅に出向いて語ったことによると、行儀見習いのため女中として預かっている娘に森下が恋情を抱き関係を迫ったが、聞き入れないため激情に己を失い刺し殺した。本来なら手打ちにするところだが、本人が武士として切腹したいと強く願うのでこれを許したという。

ちょうど、横瀬の手元に名刀が一振りあり、斬れ味を試したいが、切腹を許した以上その死骸を試し斬りに使うわけにはいかず、介錯刀として使って欲しいとの依頼だったのだ。

「狩谷と申したな」

横瀬はすこし顎《あご》を引くように、目を細めて唐十郎を見た。その細い目の奥に、心底を探るような光がある。

歳は六十二、三。痩せて顎がとがり、鷲鼻の下に薄く妙に赤い唇があった。横瀬は千五百石、幕府の御先手御弓頭を勤める大身だが、名刀の収集家としても名高かった。

「……もう一振り、ぜひ、そちに試してもらいたい刀があるのじゃがな」

横瀬は脇に控えていた由良の方に目をやり、顎をしゃくった。

由良は立ち上がり、屋敷の方にもどっていったが、すぐに白鞘の刀を持参すると、横瀬に差し出した。

「半年ほど前、手に入れてな。こうして休ませてあるのじゃが、そろそろ斬れ味を試してみたい」

横瀬は口元を歪《ゆが》めるようにして嗤《わら》った。

「拝見いたしとうございますが」

「見るがよい」

唐十郎は受けとって抜いて見た。

見事な刀だった。刃文《はもん》は丁子《ちょうじ》乱れで匂《におい》、沸《にえ》ともにほどよく入り美しい。地肌は備《び》前《ぜん》肌とも呼ばれる梨地肌《なしじはだ》で、雪の肌のようなきめの細かさがあり、思わず触れてみたくなるような気品がある。切っ先は長く鋭い大帽子《おおぼうし》。刀身全体に冴えがあり、澄んだ光を放っている。

「備州、長船《おさふね》、三左衛門《さんざえもん》清光《きよみつ》が作にござりますな」

「さすがよのう、目が利きよる」

横瀬は細い目を一段と細めた。

「このような名刀なれば、いつでも、死骸《むくろ》が手に入りました折に……」

この刀なら、据え物斬りで、二人ぐらい重ねても腹部を両断できると思った。

「いや、いや、この清光。不浄の死骸《むくろ》を斬って汚すには美しすぎる。のう、狩谷、生娘《きむすめ》に死骸を抱けとはいえまいが」

「生娘……！」

「しっとりと吸いつくような肌じゃ。このような娘には、若い男から迸《ほとばし》り出る血を吸わせてやりたいものよ、のう」

横瀬の細い目の奥に陰湿な光があった。

「なれど……」

たしかに青く腐りかけた屍《しかばね》を斬るには、美しすぎるが、今日のように介錯で首を刎ねる機会が、そう度々《たびたび》あるとは思えない。

「先程のように、生きた者の首を刎ねてはもらえぬかのう」

「介錯も仕りますが」

「それが、相手は切腹には応じぬのじゃ」

「ならば、介錯することはできませぬが」

「聞くところによると、そちは、討っ手の役も引き受けるというではないか」

横瀬は上体を倒し、睨《ねめ》るような目で唐十郎を見た。

「場合によっては」

たしかに、頼まれれば刺客《しかく》まがいのこともする。ただし、罪を犯した者で、脱藩した者や逃亡した旗本や御家人の家来などで、奉行所の追及の恐れのない相手を討つときだけである。

そうした場合、多くは主命で、家中の腕に覚えのある者が討っ手に向かうが、逃げた相手が手練《てだれ》となると、そうやすやすと討ち果たせない。下手をすれば返り討ちにあうし、何人もで討っ手に向かえば、隠密裡《おんみつり》に始末することが難しくなる。こうした場合、唐十郎のような市井の武芸者が討ってくれれば、後腐れがなくていいのである。

「天野《あまの》八郎左衛門《はちろうざえもん》、心隠刀流《しんいんとうりゅう》の遣い手じゃ」

当然、かなりの遣い手のはずである。そうでなければ、唐十郎に頼む前に家臣の誰かが討っ手に向かっているはずだ。

「その者の首を刎ねよと」

唐十郎は清光の刀身から目を上げて、横瀬を見た。

「清光に相応《ふさわ》しい相手じゃ」

「して、その者が何を」

「八郎左衛門のやつ、我が家の用人の分際でありながら、こともあろうに、養女の雪江《ゆきえ》をたぶらかし連れて逃げおった」

睨《にら》むように見据えた横瀬の染みだらけの横顔がふいに歪み、憎悪で赤黒く染まった。

二

唐十郎の家は神田松永町《かんだまつながちょう》にある。五年ほど前までは、小宮山流居合指南の看板を掲げた道場だったのだが、少ない門弟でやっていけず、門を閉じたのである。その後、介錯人や試刀で暮らしを立てるようになったが、当時の門弟の一人が本間弥次郎で、そのまま道場に残り試刀や介錯の補助役をやるようになったのだ。

「嫌な雨でございますな」

弥次郎はさっきから、雨に濡れた庭に目をやったまま続けざまに杯を傾けていた。夕暮れどきの鬱陶《うっとう》しい雨のせいかもしれない。なかなか酔えないようだ。介錯で首を刎ねたときや据え物斬りで死骸を斬ったときは、二人で酒を飲むことが多かった。

畳敷きの部屋に続いて、短い廊下があり、その先に庭があった。障子は開け放ってあったので、庭全体を見渡すことができる。

黒板塀に沿って樫が植えてあり、その繁茂した樹影が家全体を覆うように伸びていた。その根元近くに目をやると、澱《よど》んだような闇の中に小さな像のような物が無数に立っていた。さらに目を凝《こ》らすと、それが一体ずつの石仏であることが分かる。石仏といっても、丁寧に彫った物ではなく、丸い頭とそれに続く胴の部分があるだけのものである。

「若先生、仏は何体になりましたかな」

弥次郎は四十を過ぎ、唐十郎より一まわりも年上だが、門弟だった関係から言葉は丁寧だ。近くの長屋に住む牢人《ろうにん》で、妻と七つになる娘が一人いるはずである。

「さて、五十は越したろうか」

唐十郎は介錯人として首を刎ねたとき、一尺ほどの簡単な石仏の裏側に命を断った者の名と享年《きょうねん》を刻んで庭に立て供養《くよう》していた。その石仏の数が、唐十郎の介錯した人数になる。

石仏は近くの石屋に頼んで何体か用意してある。

今日も、石仏に古い小柄《こづか》の先で森下欽之丞の名と二十三の享年を刻み、並んだ像の一番手前に置いて線香を立てていた。

もっとも、供養といえば聞こえはいいが、線香を上げ手を合わせるのはそのときだけで、後は気のむいたとき、石仏の頭から酒をかけてやるぐらいでほったらかしてある。

石仏のまわりは雑草だらけで、蔓草《つるくさ》が絡まり葉叢《はむら》の中にその姿を没してしまったものさえあった。

唐十郎には野晒《のざらし》という異名がある。その名は、野晒のまま荒れるにまかせてある庭の石仏からきていた。

今も、夏草の中で五十体を越した石仏が、線香を上げてからしばらくして降り出した雨に濡れたまま、薄闇の中に黙然《もくねん》と立っていた。

「……やはり、弐平《にへい》に頼んだほうがよろしいかと思いますが」

徳利から冷や酒を杯に注ぎながら、弥次郎が言った。

弐平というのは同じ松永町に住む岡っ引きで、唐十郎が討っ手役を頼まれたとき、その身辺を探るために使うことがあった。

五尺そこそこの身の丈《たけ》だが、頭だけは妙に大きく濃い眉にぎょろりとした目をしている。陰では貉《むじな》の弐平とも呼ばれていたが、その風貌が貉を連想させるようだ。こと探索に関しては、勘がいい上にこまめに歩くので役にたつのだが、金にうるさいのが難点であった。

「たしかに、所在をつかんだら直《す》ぐに首を刎ねるというわけにはいくまいな」

一応、依頼人の言うことに間違いがないのか確かめねばならなかったし、相手の腕のほどを知る必要もあった。

「天野という男、浅草下谷《あさくさしたや》辺りに住んでるらしいことが分かってるんですから、弐平ならわけなくつき止めるはずですよ」

「うむ……」

横瀬の屋敷で聞いた由良の話では、浅草下谷近くで二度も天野の姿を見かけた者がおり、付近に住んでいることは間違いないだろうというのだ。

「明朝にも、弐平を連れてきましょう」

弥次郎が言うと、

「よし、とにかく今夜は飲み明かして、森下を冥途《めいど》に送ってやろう」

唐十郎は、ちいさく顫《ふる》えていた森下の細いうなじを思い出しながら杯の冷や酒を飲み干した。


ずんぐりした体躯の弐平は縁先に腰を落とし、分厚い唇を舌先で舐めながら、唐十郎の顔を見ると、夕べはずいぶん降りましたな、と呟くような声で言った。

唐十郎は、縁先から下駄をつっかけて庭に出た。雨に濡れた叢《くさむら》の中で、細い声でこおろぎが鳴いていた。雨上がりのせいもあるのか、大気の中に秋を感じさせる冷気がある。

弥次郎と弐平が並んで、後をついて来た。

「弐平、手はあいているか」

近ごろ、弐平の手を煩《わずら》わせるような事件があったとは聞いてなかった。

「……仕事と、お手当てによりますな」

弐平は揉み手をしながら足を早めて、唐十郎の脇に寄ってきた。

「まず、天野八郎左衛門という男の所在をつかんで欲しい。浅草下谷界隈《かいわい》に雪江という女と一緒に住んでるはずだ」

唐十郎は由良から聞いた子細《しさい》を弐平に話した。

「へへ、どうも、そのご用人様の話を鵜呑《うの》みにするわけにもまいりませんな」

弐平はぎょろりとした目で、唐十郎を見上げながら言った。

「何か不審なことでもあるか」

「その横瀬外記というお方は、お幾《いく》つなんで」

「さて、詳しいことは聞いておらぬが、六十二、三といったところかな」

「その歳で、十七、八の養女というのも腑《ふ》に落ちませんし……、浅草下谷界隈にいることが分かってるなら、御家来衆を使って探し出すのもわけはねえと思うんですがね」

武平は、足元の小石を爪先で叢の中に蹴った。その石に驚いたらしく、こおろぎが鳴きやんだ。

「うむ……」

武平の言うとおり、何か裏があるのかもしれない。

「それで、天野という お侍の腕は」

「心隠刀流の遣い手だそうだ」

「へへッ、そういうことでしたら、お手当てもはずんでもらわないことには」

武平は厚い唇をべろりと舐めた。

「三両出そう」

「三両ねえ。……相手が千五百石の御旗本となれば、二十や三十は出てるんでしょうな。……となれば、五両がとこが、相場でしょうな」

武平はニヤニヤしながら、交互に唐十郎と弥次郎に目をやった。

「いいだろう、五両で手を打とう」

唐十郎は立ち止まり懐《ふところ》から財布を取り出すと、武平の手に五両握らせた。

「へい、それじゃァ、すぐに」

弐平はひょいひょいと跳ぶような足取りで、雑草の生い茂った庭を横切り枝折《しお》り戸から出ていった。

その足音を追うように、叢でこおろぎが涼しい鳴き声をあげだした。

三

武者窓から、裂帛《れっぱく》の気合、撓《しない》を打ち合う音、床板を踏み鳴らす音などが聞こえてきた。

唐十郎は心隠刀流剣術指南の看板の掛かった玄関前を通り過ぎ、隣家の黒塀の陰に身を隠すようにして、道場から出てくる門弟たちを待っていた。

四半刻（三十分）ほどすると、気合や撓の音がやみ、談笑する声が聞こえてきた。どうやら、稽古は終わったようだ。

待つまでもなく袴の股立《ももだ》ちを取り、剣袋を担《かつ》いだ若侍たちが下駄を鳴らして玄関から出て来る姿が目にはいった。

唐十郎はその門弟たちの中に、河合兵五郎《かわいひょうごろう》の姿を探した。河合は小宮山流居合の道場に通っていたのだが、つぶれてから浅草元鳥越町《もととりごえ》のこの道場に来るようになったのである。

「若先生、お久し振りです」

歩み寄った唐十郎に気付くと、河合は歩をとめた。

河合が門弟だった当時は、名人と謳《うた》われた父の重右衛門《じゅうえもん》が存命しており、神田松永町の道場も盛っていた。その後、重右衛門が名もない武芸者に討たれ、若い唐十郎が道場を引き継いだが、日毎《ひごと》に寂《さび》れ、三年ほど経つと門弟も数えるほどになり、やむなく門を閉じたのである。

河合は最後まで残った門弟の一人で、今でも唐十郎のことを若先生と呼んでいた。

「ちと、聞きたいことがあってな」

河合と並んで歩きながら、唐十郎が切り出した。

「何でしょう」

「天野八郎左衛門のことは知っているな」

天野が女と失踪する前まで、元鳥越町の心隠刀流の道場に通っていたことは、横瀬の屋敷で用人の由良から聞いていた。

「はい、三月ほど前から道場に姿を見せなくなりましたが……」

河合は怪訝《けげん》そうな顔を唐十郎に向けた。

どうやら、雪江という女を連れて逃げたことは知らないようだ。

「その男、いくつになる」

「二十二、三。まだ、独り身のはずですが」

「心隠刀流をかなり遣うそうだな」

唐十郎が知りたいのは、天野の腕とどのような剣を遣うかだった。

「はい、元鳥越町の道場では師範代もつとめるほどで、わたしなど足元にも及ばぬほどの遣い手でした」

「うむ……」

河合は神田松永町の道場では高弟の一人で、居合の腕はなかなかのものだった。その河合が足元にも及ばぬというのだから、その男はそうとうの遣い手なのだろう。

「どのような剣を遣う」

「心隠刀流の奥義《おうぎ》の一つ、瀬落《せおと》しという秘剣をよく遣うと聞いておりますが……」

「瀬落し」

「はい、下段に構え、遠間《とおま》から一気に打ってくる剣だそうですが、詳しいことは分からない」と河合は言ったが、瀬落しの名の由来は、下段から一気に迫る刀身がキラキラと輝き、浅瀬を下る清流のきらめきに似ているところからついたという。

「その刀、揺れているのか」

構え方によって刀身が光を反射することはあろうが、刀を小刻みに動かさなければ清流のきらめきを思わせるような光り方はしないだろう。

「さあ、わたしには……」

河合は首を捻った。

「山彦《やまびこ》を遣うより他に手はないかな」

唐十郎は呟くように言った。

山彦は小宮山流居合に伝わる秘剣の一つだった。

ふと、河合は歩をとめて唐十郎の方に顔を向けた。

その顔に驚愕の表情が浮いていた。どうやら、唐十郎が天野と立ち合うつもりでいることを察知したようだ。

「若先生、まさか……」

「その、まさかだ」

唐十郎はそう言うと、河合のそばから離れていった。

神田松永町の道場にもどると、唐十郎は腰に愛用の備前祐広《すけひろ》を差して立った。祐広は父、重右衛門も愛用していた斬れ味の鋭い実戦用の剛刀だが、二尺一寸七分とやや短く、反《そ》りは腰反《こしぞ》りで居合に適した造りになっている。

唐十郎はやや腰を沈め居合腰の体勢のまま、天野の姿を脳裏に浮かべ、その動きを追った。

遠い間合から、天野は下段に構えたまま一気に身を寄せ、間境《まざかい》を越えてくるだろうと思った。間境を越えた天野は、下段から唐十郎の刀を撥《は》ね上げ、刀身を返しながら逆袈裟《さかけさ》に斬ってくるのではないか……。

唐十郎は、浅瀬を下る清流のようなきらめきを放ちながら接近してくるといった河合の話がひっかかったが、目眩《めくらまし》のひとつだろうと思った。

目眩なら、それほど気にすることもあるまい。唐十郎は、まず下段からの攻撃で想定できる天野の動きに対応しようと思った。

天野が間境を越える直前、唐十郎は祐広を抜き放ち同じ下段に構えて、相手の動きを止めようとした。

唐十郎の遣う山彦という技は、相手が下段にくれば同じ下段に、上段にくれば上段に、まさに谺《こだま》する山彦のごとく構えて、同じ動きをする。敵が戸惑《とまど》った一瞬をつき、居合独特の鋭い寄り身と一撃必殺の鋭い打ち込みで、動きの中で見せた敵の隙《すき》をつく。

下段から斬り上げるためには、刀身を返さねばならない。そこに一瞬の間《ま》と隙ができるはずである。

唐十郎は相手の踏み込みに合わせ、右に体を開きながら、下段に下げた敵の上腕を狙って斬り上げた。

(斬れる……！)

と感知した。

武平が神田松永町の道場に姿を現わしたのは、五両を渡した六日後であった。

「野晒のだんな、天野の行方をつきとめやしたぜ」

武平はいつものように分厚い唇を舐めながら、唐十郎を下から覗くように見た。

「どこにいた」

「だんなのおっしゃったとおり、浅草下谷の長屋《ながや》にもぐりこんでやしたよ」

武平によると、三月ほど前から下谷にある与兵衛《よへえ》長屋という棟割《むねわ》り長屋に住みついたという。

「雪江という女も一緒か」

「それが、天野一人なんで」

「一人……。少し話が違うな」

横瀬は雪江を連れて逃げていると言ったはずだ。

「へえ、女のことも長屋の連中から訊きだしやしたがね。たしかに、一緒に住んではいたようなんですが、ここ半月ほど女の姿が見えねえというんで」

「ほう……。女だけ屋敷に戻ったわけではあるまいな」

「そうじゃあねえようで」

天野が横瀬の養女である雪江を連れて逃げたのは間違いなく、屋敷にも戻ってないという。

「妙だな」

「念のため、横瀬外記のことも聞き込んできやしたが、どうも、歳に合わず女好きのようで、若い体をねちねちと弄《もてあそ》んでるようですぜ」

弐平の話によると、横瀬は屋敷内の腰元に手をつけたり、遊廓の女を身請けし養女という名目で屋敷内に置いているという。

「先頃、だんなが首を刎ねた森下という若侍も、横瀬が手をつけた女に恋心を抱いたのがそもそもの原因のようなんで」

「うむ……。となると、雪江という女も、元は遊女であったのか」

「へい。小雪《こゆき》という吉原《よしわら》の女だったそうで」

「そうか」

そういう事情なら、雪江のほうから天野に言い寄ったとも考えられた。雪江にとっては、横瀬は自分の父親以上に年が離れている。慰《なぐさ》み者に過ぎない若い女が、同じ屋根の下に住む逞《たくま》しい若侍に魅《ひ》かれるのも当然のことと思えるのだ。

そして、出奔《しゅっぽん》した天野の斬殺を依頼した横瀬の気持も分からぬではなかった。慰み者とはいえ、家臣に己の女を奪われ、逐電《ちくでん》されたのである。

「弐平、雪江の行方も探ってはもらえんかな」

唐十郎は姿を消したという雪江が気になった。

「へえ、そりゃあもう、あっしも乗りかかった船ですからね。……ですが、五両でだんなに頼まれた調べのほうは、あらかた済んだんじゃあねえかと」

弐平はニヤニヤ嗤いながら、上目使いに唐十郎を見た。

「分かった。もう、二両出そう」

唐十郎は懐から小判二枚を取り出して、弐平に握らせた。

「ヘッ、へ。それじゃあ、二《に》、三日《さんち》のうちにかならず」

弐平は軽い足取りで唐十郎のそばを離れていった。

四

その弐平が唐十郎のところに顔を出したのは、翌日の夕刻だった。ちょうど、弥次郎も道場に居合わせ、二人して弐平の話を聞いた。

弐平は天野が家を空けた留守を狙って上がり込み、雪江の行き先をつきとめるような物が残ってないか調べてみたという。

「着物一枚残っちゃあいねえんで……。それより、気になることがありやしてね。お二人も、一緒に来ちゃあもらえませんかね」

「気になるとはなんだ」

唐十郎が訊いた。

「臭いなんで」

「臭い」

「へえ、やつの家ん中に、いやな臭いが籠《こも》ってやしてね。……ありゃあ、生き物の腐った臭いだ。間違いねえ」

「……死臭か」

「へい、犬、猫でなけりゃあ、人間様ってことになりますな」

「場所は」

「天井は覗いて見やした。残るのは、床下だけで」

「行ってみよう」

もし死骸《むくろ》だとすれば、雪江ということになるのではないか……。

与兵衛長屋の天野の家は、木戸門を入って一番奥の角にあった。井戸端に唐十郎と弥次郎を残して、弐平が様子を見に行ったがすぐに戻って来た。

「誰もいねえようで。天野は出たまんまで戻っちゃあいねえようです」

三人はそのまま天野の家に向かった。

木戸を開けると、猫の額《ひたい》ほどの土間があり、両脇に流しと竈《へっつい》があった。部屋は四畳半一間で、押し入れもない。部屋の中は暗く、ぼんやりと隅にある行灯《あんどん》や枕屏風《まくらびょうぶ》の陰に夜具が畳んであるのがそれとなく分かった。

唐十郎が、土間に足を踏み入れると強い異臭が鼻を衝《つ》いた。

「今、灯《ひ》をいれやす」

すぐに、弐平は草履《ぞうり》を脱ぐと、部屋に上がりこんだ。

部屋の中が明るくなると、部屋の中がよく見えた。行灯と夜具の他に、火鉢とつづらがあったが、若い女の持ち物と思われるような物は何もなかった。

「臭いは、床下からですな」

弐平は十手《じって》の先を畳の縁に差し込んで、剝《は》がしにかかっていた。

「この家の主《あるじ》が、もどってきやしませんかね」

弥次郎が入口の方に首をまわしながら言った。

「そんときは、番屋にでも引っ張っていって、泥を吐かせますぜ」

言いながら、弐平は畳を剝がして粗壁《あらかべ》へ立て掛けた。鬼灯《ほおずき》色の明かりの中で、薄く埃《ほこり》の舞っているのが目にはいった。

「ちくしょう、ここしばらく掃除もしなかったようだぜ」

吐き捨てるように言いながら、弐平は床板もひっぺ返した。

途端に、ムッとするような強い死臭が鼻を衝いた。

「だんな、行灯を！」

弐平は声を大きくした。

唐十郎が剝がした畳のそばに行灯を寄せると、床下をぼんやりと照らし出した。

その瞬間、ごそごそと音がし、いくつかの黒い物が闇の中を走った。鼠らしい。

「…………！」

唐十郎は息を呑んだ。

腐乱し、半ば白骨化した女の死骸の上半身が、灯火に浮かび上がっていた。抉《えぐ》られたような深い眼窩《がんか》、剝《む》き出した歯茎、黒土に蛇のように絡まる髪。顔や首筋をはい回る無数の白い蛆虫《うじむし》。立ち上る鼻を衝く強い死臭……。

「この死骸《おろく》は十日以上は経ちますぜ。……天野が殺して、ここに埋めたに違いねえ」

弐平が言った。

たしかに、死骸の胸から下には土がかけられていた。

「鼠だな。鼠のやろうが、死骸《おろく》の顔や足を掘り出しゃあがったんだ」

弐平の言うとおり、露出しているのは顔や首、それに踝《くるぶし》から下の部分だった。おそらく肌の露出した部分を鼠が掘り出したのだろう。それだけ、死骸にかけられた土が薄かったともいえる。

「斬ったのは、首のようだな」

露出した頸骨が断たれているのを、唐十郎は見てとった。

「なぜ、天野は連れて逃げた女を斬ったんでしょうか」

眉根を寄せたまま弥次郎が言った。

「さあな、どんな、諍《いさか》いがあったのか。……しかし、死骸の上で寝起きしていたとなると、ただ事ではないな」

「とにかく、天野が斬り殺したとなれば町方の仕事になるが……」

弥次郎は弐平の方に顔をむけた。

「なあに、あっしがひっ括《くく》る前に、野晒のだんなにかたをつけてもらえば、そのほうがいいんで。この下手人をお縄にするまでにゃあ、あっしの仲間の一人や二人は死ぬことになるでしょうからな」

弐平の言うとおりだった。逐電《ちくでん》した男が女を斬って床下に埋めたのである。しかも、死骸を埋めた部屋で寝起きし、逃げもしないところをみると、相応の覚悟ができているか、気が触れているかだ。

どっちにしろ、瀬落しと呼ばれる秘剣まで身につけている天野が、斬り死に覚悟で歯向かってきたら簡単に捕縛できないだろう。

「弐平、天野の行き先をつきとめてくれ。できるだけ早く、かたをつけたい」

唐十郎の胸に、首を刎ねた刀身に向けられた横瀬の嗜虐《しぎやく》的な目の光と、まだ見ぬ天野の目尻のつり上がった狂気の顔が思い浮かんだ。

翌日の六ツ(午後六時)ごろになって、天野が浅草《あさくさ》御蔵近く、黒船《くろふね》町の安酒屋で酒を飲んでいると、弐平が知らせてきた。

「一人か」

「へい、主人の話ではこのところ連日顔を出し、店をしまうころまで飲んでいるとのことでして」

「その酒屋、店をしまうのは何刻《なんどき》だ」

「客さえいりゃあ、四ツ半(午後十一時)ごろまでは、飲ませておくそうで」

「そうか」

唐十郎は弐平に、けして手を出すなと念を押して、見張りを頼み、自分はすぐに横瀬の屋敷に向かった。

運よく、横瀬外記は在宅しており、

「お望みならば、横瀬様の目前で、清光の切れ味を試してもかまいませぬが」

と唐十郎が切りだすと、横瀬は陰湿な顔に嗜虐的な嗤いを薄く浮かべ、目を光らせた。

「わしの目前で、天野の首を刎ね、清光に血を吸わせてくれると申すか」

「はい。……しかし、夜中とはいえ町中での斬殺。横瀬様のお姿を目撃され、あらぬ噂をたてられぬともかぎりませぬ。あくまでも、お忍びということで、面体《めんてい》を隠し、離れたところで御覧いただくことになりますが」

「構わぬぞ」

横瀬は膝を乗り出した。

「それでは、四ツ（午後十時）、大川橋《おおかわ》の袂《たもと》にて、お待ち申しております」

「しからば、清光はそのときに持参いたそう」

横瀬は満足そうに手を叩き、由良を呼んで切餅《きりもち》を二つ持参させると、これは、天野の始末料と清光が試し料じゃ、と言って唐十郎の膝先へ押し出した。

五

四ツまでにはじゅうぶん間があった。

唐十郎は松永町の道場に戻ると、祐広を差して立ち、天野の動きを頭に描きながら繰り返し抜いた。

居合の命は、抜刀の迅《はや》さと敵の動きの読みにある。まして、唐十郎が遣おうとしている山彦は、相手の動作に合わせ同じように動き、間合を見切り、相手の動きのなかにできた隙をつく技である。敵を倒せるか否《いな》かは、動きの読みにかかっている。いや、読みというより相手と同じ動きをすることで感知し、刎が返ってくるように五体が自然と反応して斬り込まねばならない。

そのためには感覚を研《と》ぎ澄まし、素早く反応できるよう体を慣らしておいたほうがいい。

うっすらと汗をかいたころ、弥次郎が道場に姿を現わした。

唐十郎は床板の上に胡座《あぐら》をかき、冷や酒を茶碗に注いで、弥次郎と飲んだ。

「若先生、勝てますか」

「うむ……。勝てると思うが、真剣勝負は、やってみねば分からない」

「天野の遣う瀬落しという技、たんなる目眩《めくらまし》とも思えませぬが」

「かもしれぬな」

そのときは、そのときだと思った。山彦の神髄《しんずい》は相手の動きに合わせ、間合を見切って反応するところにある。瀬落しがどのような技であれ、その動きが読めなければ、山彦は勝てない。

「敗れれば、小宮山流居合が及ばなかったということになろうな。そのときは、おぬしも心隠刀流の門でも叩けばいい」

「若先生、この年になって他流を学ぶ気にはなれませんな」

弥次郎は口元にうす笑いを浮かべ言った。

「そうか……」

おれが敗れれば、弥次郎は天野に斬られることを承知で斬り込んでいく気だ、と思ったが、唐十郎はそれ以上何も言わなかった。

唐十郎は冷や酒の入った徳利を持って庭に降りると、立ち並ぶ石仏の一つ一つの頭から酒をかけてやってから、新しいのをひとつ持ち出した。

「今度はおれの名を刻むことになるかもしれぬな」

そう言って、森下欽之丞の名を刻んだ石仏のそばに立てた。

「若先生」

弥次郎も庭に降りてきた。

「この仏たち、酒をかけられると嬉しそうな顔になります。若先生が仲間に加わるのはいいが、そうなると酒をかけてくれる者がいなくなりましょう。……仏たちは、まだ、とうぶん来るなと言ってますよ」

弥次郎は指先で濡れた石仏の頭を撫ぜながら言った。

横瀬は黒羽織に袴、目だけ出した紫の頭巾《ずきん》で顔を隠してせかせかした足取りでやってきた。足が悪いのか、肩がひょこひょこと撥《は》ねるように上下する。提灯を持った由良と、もう一人、腕に覚えのありそうな供侍がついていた。

「狩谷、清光じゃ」

横瀬は白鞘の清光を唐十郎に手渡した。

「横瀬様、夜中とはいえ、このような場所で斬ることはできませぬ。人影のないところに、天野を呼び出す手筈《てはず》になっておりますゆえ。横瀬様は、拙者の半町ほど後を馴染《なじ》みの料理茶屋で遊んだ帰りのような振りでもされ、ついてきていただきたいのですが」

「よかろう」

横瀬は唐十郎の言うとおり、二人の供と一緒に半町ほど後ろをついてきた。

材木《ざいもく》町の大川端、道に沿って数本の柳が茂り、背丈ほどもあろうかという葦《あし》の繁茂が人目を隠す空地があった。そこに、弐平が天野を呼び出すことになっていた。

まだ、空地に弐平と天野の姿はなかった。

横瀬たちを十間（約一八メートル）ほど離れた柳の陰に潜《ひそ》ませ、唐十郎は白鞘の清光を弥次郎に手渡し、大川の川面を背にする場所に立った。

丸い月が煌々《こうこう》とした光を放っていた。川面は金箔《きんぱく》を流したように照り、揺れている。唐十郎はその光の揺れに目を奪われることを避けようとしたのだ。

四半刻（三十分）も経たないうちに、葦の茂みをかきわける音がし、まず、弐平が姿を現わした。その後ろ四、五間おいて、若い武士が黒の着流しに大刀を落とし差しにし、ゆっくりとした足取りでついて来た。

痩身だが、首筋や腰まわりはがっしりとし、鍛えあげた体であることが見てとれた。

「だんな、天野を連れてきやしたぜ」

弐平は唐十郎に近寄ると、耳元に顔を寄せて、いただいた二両分の仕事はここまででしょうな、と呟いてひょいひょいと跳ぶような足取りで葦の茂みの中に姿を消した。その丸い背はまさに貉のようだった。

「雪江の身内の者が待っているという話だったが、討っ手のようだな」

天野の顔は平静だった。

歳は二十二、三。色の浅黒い、顎の細い男だった。髭や月代《さかやき》がうっすらと伸び襟元もはだけて、だらしなく立っていたが、目だけは猛禽《もうきん》を思わせるようなうすい光を放っている。

「貴公、酔っているか」

「いや、酒は飲んだが酔えぬのでな」

「拙者、狩谷唐十郎と申す者、ここに控えているのは介添人の本間弥次郎でござる」

弥次郎が天野に向かってちいさくうなずいた。

「狩谷唐十郎……。すると、森下の介錯をしたのはおぬしか」

「いかにも」

森下が横瀬の屋敷で切腹したことは知っているようだ。

「やはり、横瀬の依頼でおれを斬りにきたのだな」

天野の顔が憎々しげに歪んだ。主であった横瀬を呼び捨てにしている。よほど恨みは強いようだ。

「拙者、刀の目利きと介錯を生業《なりわい》としておる。貴公にも、切腹をお願いしたいが」

「切腹だと。……おれは森下のように、腹を切るつもりなどない」

天野の浅黒い顔が怒気で赤く染まった。

「拙者が貴公との勝負に勝ったうえでのことだが、武士らしく自裁していただかねば、死骸で試すこととなる。……生き血を吸いたい妖怪を宥《なだ》めねばならぬのでな」

「妖怪とは横瀬外記のことか」

天野の唇が怒りでひき攣《つ》った。

「さて……、妖怪の名は、これなる刀。老爺をも狂わす鬼女とお応《こた》えしておこう」

唐十郎は弥次郎の携《たずさ》えている白鞘に目をやり、潜《ひそ》んでいる横瀬の耳に届かぬような小声で言った。

「……承知した。鬼女に首を刎《き》られるのは、おれに相応しい死に様だろう」

言いながら、天野は二、三歩後退し、柄《つか》に手を伸ばした。

「待て、その前に聞いておきたいことがある」

「なんだ」

「何故、雪江という女子《おなご》を斬った」

「あの女こそ、男を狂わす鬼女よ」

柄に手をおいたまま天野は顎を突き出すように天を仰いだ。青白い月光が、その顔を能面のように浮き上がらせた。

天野の言うところによると、半年ほど前、雪江から横瀬とのことで何度か悩みを聞くうち深い関係となり、二人でやり直したいという雪江の強い願いに動かされて出奔したという。

「ところが、あの女、おれと暮らすようになってからも横瀬と情を通じておった。しかも、おれの目を盗み、自分から神田の屋敷に足しげく通っておったのだ。……そのことを問い詰めると、あの女、横瀬から、おれと屋敷を出て所帯を持つように言い含められ、その後も密《ひそ》かに屋敷に来て相手をすれば、暮らしに困らぬようにすると約束してあったというのだ」

その話を聞いて、天野は激怒し雪江の首を刎ね床下に埋めたという。

どうやら、横瀬は手元に置いた女に飽きると、手ごろな家臣に押しつけるようなところがあったらしい。

「森下もおれと同じだろう。やつの斬り殺したのも横瀬の手の付いた女のはず……」

「うむ……。となると、横瀬どのがとり憑《つ》かれているのは、女の肌ではなく、冷たい鋼《はがね》の肌かもしれませんな」

唐十郎は小声で言った。

横瀬は試し斬りにするための若く逞しい生きた体、愛刀のための生け贄《にえ》が欲しかったのではあるまいか。そのために、飽きた女を使って家臣が不祥事を起こすよう仕向けた。

「横瀬こそ狂った鬼よ！」

ふいに天野の目が攣《つ》り上がり、その顔がぞっとするような凄愴さを帯びてきた。

天野も横瀬の心の奥底にある偏執的な欲望を、うすうす感じとっていたのだろう。

その闇の奥の狂気を撃とうとするかのように、天野の目が異様な光を放っていた。

天野もまた、雪江という女の肌にとり憑かれ裏切られたことで死骸を埋めた部屋で寝起きするほど狂わされてしまったのではないか……。

「だが、たとえ、鬼の依頼であろうと、おぬしを斬らねばならぬ」

それが試刀家の仕事だった。斬らねば刀の斬れ味は試しようがない。

唐十郎は祐広に手を伸ばした。

「……それで、おれを地獄へ送るという相方《あいかた》の名は」

天野は弥次郎の持つ白鞘に目をやった。

「備州、長船、三左衛門清光、ふるいつきたくなるような肌の女子でござる」

「その女子、おぬしの血を吸うことになるかもしれぬぞ」

天野は二、三歩退いて抜刀した。

六

二人の間合はおよそ五間。

天野は天を仰ぎ、「いい月だ……」と呟くと、不意に腰を沈めた。そのまま下段に構え、跳びかかろうとする狼のような目を唐十郎にむけた。

「心隠刀流、瀬落し……」

天野は五間という遠間《とおま》のまま、切っ先を小刻みに左右に振りだした。

「小宮山流居合、山彦、お相手いたす」

「…………」

天野の刀身が月光を受けて、キラキラと光を放つ。

刀身の揺れ幅がしだいに大きくなり、浅瀬を伝う急流の飛沫《しぶき》の輝きのように見えはじめる。

天野は、じりじりと間合を詰めてきた。

唐十郎はわずかに落とした居合腰に構え、右手を柄にそえ、鯉口を切った。

四間ほどに間合が詰まったとき、天野は切っ先を左右に振りながら摺《す》り足で一気に迫ってきた。

（まさに、瀬落し！）

一瞬、唐十郎の目に、そのきらめきが浅瀬を流れ落ちる奔流のように映った。

その奔流のようなきらめきは、対する者を呑《の》み込み、しかも下段から斬り上げる太刀筋を消しさったのだ。

ただの目眩《めくらまし》ではない！　唐十郎の読みを越えた速さと果敢さが鋭い剣気を放射していた。

（体が開けぬ！）

唐十郎は直感した。

左右どちらから斬り上げてくるか読めない。体を開いて避けようがない。

一瞬、唐十郎は抜刀し、迫り来る急流の真ん中を割るように下段に構えた。が、
天野は迷わず急迫してきた。

（斬られる！）と直感した唐十郎は、天野とまったく同じように切っ先を左右に振った。一瞬、天野の呼吸が乱れ、わずかに揺れる刀身が見えた。左だ！　そう感知した刹那《せつな》、唐十郎は跳躍した。

大きく右手に跳びながら、唐十郎は左から斜に斬り上げてくる天野の切っ先に沿

うように斬り落とした。

一瞬、斬り上げた天野の鍔元《つばもと》、右腕が斬れると見切ったのだ。むろん、天野の切っ先も跳んだ唐十郎の脛《すね》に届いていた。

もし、唐十郎が敵の切っ先を弾《はじ》いていれば、脛の斬撃は避けられたが、着地した瞬間、背後から天野の二の太刀に襲われたはずだ。

迅い動きの中で敵と己の切っ先の間を見切る。それが、唐十郎の山彦だった。

山彦は居合術の極意とする見切りと太刀捌《さば》きの迅さからうまれた技だ。山彦を遣うためには相手の太刀が見えないことにはどうにもならない。

天野の切っ先は、袴を割《さ》き、脛を斬ったが骨にまで届くような深い傷ではなかった。

が、唐十郎の剣は、天野の右上腕部の骨まで断っていた。

天野は皮だけでつながった右腕をだらりと下げたまま、左手で握った刀の切っ先を唐十郎にむけていた。

右腕の斬り口から、血が流れるように落ちていた。ひき攣った顔で、天野は荒い息を吐いている。

「天野どの、ここまででござる」

唐十郎はかまわずに祐広の血振りをし、鞘に納めてしまった。勝負は誰の目にもあきらかだった。

「…………！」

なおも天野は、切っ先を唐十郎にむけ必死の形相《ぎょうそう》で迫ってきた。

「天野どの、これ以上続ければ、その腹を横たえ、据え物斬りをすることとなるぞ」

「うぬ……」

天野の顔から血の気が引き、ふいに切っ先が落ちた。

歯がみしたままその場に腰を落とすと、刀を膝先に置き、左手で荒々しく襟を押し開き腹を出した。

見る見る右腕から迸り出た血が、露出した腹部にも飛び散って黒い斑《まだら》に染める。

「介錯、仕る」

弥次郎が差し出した清光と祐広を交換すると、唐十郎は天野の左背後にまわって静かに立った。

「何か、言い遺《のこ》すことあらば、お聞きいたそう」

「ならば、我が首を刎ねる、その鬼女の肌を一目見てみたいが」

「……御覧あれ」

唐十郎は天野の目前に、清光の刀身を差し出した。

「さすがに……」

刀身が青白い月光を受け、まさに匂うような光を放っている。

「狩谷どの、願いがあるのだが」

天野が振り返って顔を上げた。すでに顔は蒼白で、唇が小刻みに震えていた。

「何か」

「この女と心中をしたいが……」

「なに」

「この清光を、横瀬より奪い、冥途へ同行したいと存ずる」

天野の目に強い光が宿った。

「………」

「狩谷どの、末期《まつご》の願いでござる、なにとぞ」

「……醜態を晒《さら》すことになるが」

「構わぬ」

「承知……。安らかに、あの世に旅立たれよ」

「かたじけない」

天野が膝先に置いた刀に手を伸ばしたとき、唐十郎が叫んだ。

「横瀬様、近付かれよ。しかと、その目で清光の斬れ味を御覧あれい！」

唐十郎は一呼吸置き、背後に走り寄る複数の足音を聞いてから、抜刀し、八相に構えて腰を落とした。

天野は振り返りもせず、刀身を左手で握りしめ切っ先を右脇腹に当てる。

瞬間、シャッ、という刃鳴りがし、天野の首筋に青白い刀身が落ちてきた。

が、ゴツン、という頸骨に当たる音がしただけで、天野の首は落ちなかった。

上半身が前にのめり、ぼんのくぼの肉が割れ、血が前後左右に乱れ飛んだ。天野は野獣のような呻き声をあげながら、瘧慄《おこりぶるい》のように上半身を激しく震わせた。

八方に飛び散った血が唐十郎の顔、胸……、体中を赤黒く染める。

「弥次郎！　おさえろ」

唐十郎は血を浴びながら怒鳴った。

弥次郎が背後から天野の腰のあたりに飛びつき、上半身を押し倒して肩口を地面に押しつけた。

「首！　押し斬りに！」

弥次郎の声と同時に、唐十郎は天野のそばに屈《かが》みこみ、刃を首筋に当てて覆いかぶさるようにして、首を斬った。

ゴリ、ゴリと鋸《のこぎり》で引くような音がして、首が体から離れ、やっと天野は動かなくなった。唐十郎が天野の頸骨に当て、刃零《はこぼ》れを起こさせるように斬ったのだ。

唐十郎も弥次郎も全身血まみれだった。

全身を震わせながら立ち上がった唐十郎は、

「三左衛門清光、並《なみ》！　鈍刀でござる！」

血だらけの刀身を突き上げるようにして、叫んだ。

「…………！」

壮絶な斬首を目《ま》のあたりにして、横瀬は目を剝き、息を呑んでいた。

が、目の前に差し出された清光の刀身が、鋸のような刃零れを起こしているのを目にすると、ひき攣った顔が割れたように崩れた。

そして、まさに狂った鬼女のように顔を歪め、

「いらぬ！　そのような刀は捨てよ」

と横瀬は叫び、肩を震わせ、葦が風にそよぐ土手の方にせかせかと歩きだした。

唐十郎は首の離れた天野の死骸の脇に、清光を突き刺してやった。

人斬り佐内　秘剣腕落し

一

二日ほど降りつづいた雨が夜のうちにやみ、今朝は蓋《ふた》をとったような上天気だった。小名木《おなぎ》川の土手の柳や川べりに並ぶ武家屋敷内の庭木などの緑が生きかえったように鮮やかで、数羽の燕《つばめ》が高橋《たかばし》の欄干《らんかん》や垂れた柳の枝をかすめるように飛びかっていた。

二日間絶え間なくつづいた強い降りで、小名木川はかなり増水していた。流れはゆるやかだったが、笹色《ささいろ》に濁った水は川幅をひろげ、岸辺で小さな渦を巻き、うねり、小波《さざなみ》をたてていた。ときどき、枯草のかたまりや折れた枝などが、濁った流れに見え隠れしながら下流に押し流されていくのが見えた。

その荒れた川をなだめるかのように、やわらかい朝の空がひろがっている。

建具職人の佐吉《さきち》は、今朝はいつもより早く長屋《ながや》を出た。建具作りは居職《いじょく》で、雨の日でも親方の家で障子《しょうじ》や襖《ふすま》を作っていたので、とくに仕事がたまっていたわけではない。ただ、開けた障子の向こうにほんのりと黎明《れいめい》がひろがっているのを見ると、わけもなく浮き立ったような気分になり、長屋を飛び出したのだ。

高橋の二町《ちょう》ほど下流の川岸に、艫綱《ともづな》をつなぐための杭《くい》が二本首を出していた。その杭に流れてきた木の枝がひっかかり、木の葉や藻屑《もくず》などが集まっていた。

土手を歩きながら川岸に目をやった佐吉は、おやッと思って歩《あゆみ》をとめた。ゆっくりと渦を巻いている木の葉や藻屑などのなかに、格子縞《こうしじま》の着物が見えたのだ。

見ると、背中から後頭部にかけて浮いているらしく、水中に沈んでいる身体が水を透《す》かしてぼんやりと見え、水面に出た小さな髷《まげ》がまとわりついた藻屑や草切れなどといっしょに揺れながら上下していた。

土佐衛門《どざえもん》だ……！

佐吉は喉《のど》を絞るような悲鳴を発し、今歩いてきた土手を転げるように駆《か》けもどった。

本所相生町《ほんじょあいおい》にある小野寺佐内《おのでらさない》の富田流居合術《とだりゅういあいじゅつ》の道場に、縦縞《たてじま》の小袖に黒羽織という、いかにもお店《たな》の旦那《だんな》という恰好の男が訪ねてきたのは、暮れ六ッ《む》（午後六時）をだいぶ過ぎてからだった。

道場といっても、佐内の父友右衛門《ともえもん》が潰れた薬問屋《くすりどんや》を安く買い取り、大工を入れて道場らしく板張りの床に改造しただけのもので、間口《まぐち》三間《けん》、奥行《おくゆ》き五間ほどの狭いものだった。

その父が死んで五年経ち、腰板や柱に染み付いた薬草の匂いは消えたが、小さな武者窓《むしゃまど》と板壁にかかった木刀や防具がなければ、剣術の道場とは思わないだろう。

もっとも、近くに住む軽格《けいかく》の御家人《ごけにん》や浪人の子弟などが十五人ほど通うだけなので、それほど狭いという感じはないのかもしれない。

門弟の帰った道場内はひっそりとして静かだった。道場に続いて狭い座敷があった。佐内がそこに男を座らせると、

「深川黒江町《ふかがわくろえ》で、材木問屋をしている藤兵衛《とうべえ》ともうす者です」と名乗った。

年齢は五十前後だろうか、のっぺりした肌に黒ずんだ薄い唇をしている男だった。

一人暮らしの佐内の身のまわりの世話に通っているおしまが茶を出し、ものめずらしそうに藤兵衛の背にちらちらと目をやりながらさがると、

「剣術のお話にはみえませぬが」と静かなもの言いで、佐内が用件をきいた。

「おりいって、小野寺様にお願いがありましてな」

藤兵衛はちらりと探るような目を佐内にむけ、膝先の茶碗に手をのばした。

「拙者《せつしゃ》にですか……」

佐内は呟《つぶや》くように小さな声で言い、手にした茶をすすった。

もの静かな佐内は、二十七という年齢には見えない落ち着きがあった。色白で、目鼻だちが小づくりのせいか、剣術の道場主というより手習い塾の師匠か役者といった方がいいような顔つきに見える。

「じつは。今朝方、長吉《ちようきち》という手前どもの番頭《ばんとう》が殺されましてな」

「ほう……」

佐内は番頭が殺されたという話の内容より、口元をすこし歪《ゆが》めるようにしただけで、まったく声の調子も変えなかった藤兵衛の話しぶりに気をひかれた。

「場所は、小名木川の高橋の近く……。長吉は深く右腕を斬られ、喉を突かれて死んでおりました。しかも、もっていたはずの財布《さいふ》を抜かれてまして」

「右腕を？」

「はい、小野寺様もご存じのとおり、右腕を斬られ、喉を突かれて殺されたのは、今年になって、二人目でございます」

「うむ……」

藤兵衛の言うとおり、小名木川の岸辺で二月《ふたつき》ほど前、無宿人《むしゆくにん》が同じように殺されたという話を佐内も聞いていた。辻斬《つじぎ》りの仕業《しわざ》ではないかとの噂《うわさ》がたっていたが、長吉という男が、斬られて財布を奪われたとなると、辻斬り強盗ということになるのか。

「じつは、人を一人斬っていただきたいと思いましてな」

藤兵衛が佐内の方に顔をあげた。声が低くなっている。

「人を斬る？」

「はい、小野寺様を見こんでお頼みにあがったようなしだいで」

佐内を見る細い目の奥に、刺すように鋭さが宿った。

「藤兵衛さん、誰に聞いてきました？」

佐内の声がすこし低くなった。

じつは、剣術の道場主は隠れ蓑《かくみの》で、佐内は依頼されて人を斬る刺客を商売にしていた。親の代からの稼業《かぎよう》だったが、それを知る者は、仲介役の深川伊沢《いざわ》町に住む口入屋《くちいれや》の益子屋新造《ますこやしんぞう》しかいないはずだった。

「誰かに、聞いたわけではございません。……ただ、小野寺様の腕なら、間違いなく斬っていただけるものと思いましてな」

「うむ……」

「いかがでございましょうか」

ほんのすこし上体を反《そ》らせるようにして、藤兵衛は佐内の胸の内を探るような目で見た。

「……なんともこたえようがありませんな」

「ただ、殺すだけでしたら、多少の金を握らせれば他にいないことはありません。しかし、今度の殺しにはひとつだけ条件がございます」

「条件と言いますと」

「はい、場所は小名木川の高橋のちかく、相手の腕を斬り、喉を突いていただきたいんで」

藤兵衛は手をのばし、冷たくなった茶をすすった。

「殺された番頭さんと同じ殺し方で、敵《かたき》を討ちたいというわけですかな」

「冗談いっちゃアいけませんや。わたしが、長吉を殺した相手を知ってるわけがないでしょう」

藤兵衛の口元に嗤《わら》いが浮き、ものいいが急に乱暴になった。やっと、すこしだけ本性を表したということか。

「では、どういうわけで同じ殺し方を望んでいるんです」

「なあに、そうやって殺せば誰が見ても、同じ辻斬り強盗の仕業と思うはずでしてね。そうすりゃあ、あたしも小野寺様も町方《まちかた》の探索をうける心配がねえってことでしょう」

「なるほど。……それで、どなたを殺したいというんで」

佐内が訊《き》いた。

「高砂《たかさご》の森蔵《もりぞう》、深川を縄張《シマ》にしているやくざの親分なんで」

「森蔵を……」

森蔵なら知っていた。近頃とみに力をつけてきたやくざの親分で、深川や本所にいくつも賭場《とば》を持ち、富岡八幡宮《とみおかはちまんぐう》近辺で出合茶屋《であいぢゃや》や小料理屋などもやっていると聞いている。

「はい、近頃、出入の職人や奉公人のなかに手なぐさみをする者が増えましてね。手を焼いてるんですよ。殺された長吉も、賭場からの帰りじゃなかったかと睨《にら》んでるんです」

「うむ……」

佐内は、それが森蔵を殺したい理由ではないだろうと思った。賭場に出入りしているような奉公人は店をやめさせればいいし、森蔵を殺したとしても賭場そのものがなくなるわけではない。しかし、深く詮索しないのが、こういう仕事の決まりであることを佐内も承知していた。

「これは、人斬り料……」

藤兵衛が懐《ふところ》から切餅《きりもち》を二つだして、佐内の膝先に押し出した。

「五十両ですか」

森蔵を殺《や》るには少し安い気もした。

「それに役得もございます。森蔵はいつも懐に、四、五十両の金を持ち歩いているという話ですから、その金も小野寺様の懐にはいるという寸法で。……長吉は財布を奪われてますから、今度も抜いといた方がいいんでしょうな」

薄い唇をまげるようにして、藤兵衛は嗤った。

「藤兵衛さん、多少、日数《ひかず》がかかるかもしれませんよ」

佐内は切餅を二つ懐におしこんだ。

こういう商売を続けるには、いくつかの鉄則があった。その一つは町方に探られるような証拠を絶対に残してはならぬということだ。そのためには、相手の動向を探り、目撃されずに確実に仕留めることのできる機会と場をとらえねばならなかった。

「そりゃあもう、佐内様のやりやすいようで、結構でございますとも」

藤兵衛はにやりと嗤って立ち上がった。

佐内に背を向け、二、三歩、去ったところで、藤兵衛がふいに立ち止まり、

「これを機会に、小野寺様のお世話がしたいものですな」と振り返って言った。

藤兵衛は、飼い犬になれ、といっているのだ。

「まあ、それ、考えておきましょう」

佐内も立ち上がった。

二

口入屋の益子屋新造のつなぎがなければ人を斬らない小野寺佐内が、藤兵衛からの依頼を承知した裏には、この話はこのまま放っておけないという思いがあった。

富田流居合《とだりゅういあい》には腕落《かいなおと》しという秘剣がある。これは柄《つか》をつかんだ相手の右腕を斬り落すというもので、この技を遣《つか》い、佐内は三年前小名木川《おなぎ》の土手で武士を一人斬っていた。

佐内は、長吉《ちょうきち》を斬った人物が、三年前の自分の殺しにつなげ、嫌疑《けんぎ》を逃れようと

しているのではないかという疑いをもった。そうなると、町方《まちかた》の探索が自分にまでのびてこないともかぎらない。それに、殺された二人が喉を突かれていたということも気になっていた。佐内には一人だけ思いあたる人物がいたのである。

斎藤十左衛門《さいとうじゅうざえもん》。牢人だが一刀流《いっとうりゅう》武甲《ぶこう》派の遣い手だった。

六年ほど前になるが。十左衛門が道場に顔をだしたことがあった。そのころはまだ二十三、四歳の血気《けっき》盛んなころで、剣名をあげようと江戸の道場をまわっていたらしい。

　当時、父の友右衛門《ともえもん》が道場主だったころで、師範代格《しはんだいかく》の門弟が十左衛門に敗れると佐内に対戦を命じた。

　十左衛門は、鳥影《とりかげ》という奇妙な技を遣った。

低い下段に構え、やや遠い間合《まあい》から一気に踏み込んで来て間合がつまった瞬間、上段に振り上げて面を打つとみせる。思わず、上段からの面を受けようと竹刀《しない》を振りあげると、両腕の間から喉を突いてくる。背中を丸めるようにして上段から変化し、突いてくる姿が、水中の小魚めがけて空中から飛び込む水鳥の、水面に映る影に似ていることから鳥影の名がついたという。

　喉を突いてくると分かっていても、避けられなかった。下段からまっすぐ踏み込んでくる気魄と、上段から突きに変化する迅《はや》さについていけなかったのだ。

佐内は突かれる瞬間、首を捻《ひね》ったので首筋に痣《あざ》を残す程度で済んだが、これが真剣だったら間違いなく血脈《けつみゃく》を抉《えぐ》られていただろうと思うと、ぞっとした。心底に生じたその怯《おび》えに、佐内はかえって奮いたち、「もう、一手《いって》！」と叫びながら、十左衛門との間合をつめたが、父の友右衛門が佐内を制して立ち上がった。

両者が相対して立礼をかわした瞬間だった。父はスッと間境《まざかい》を越えると、軽く竹刀を振りあげ、あわてて応じようとして柄にのばした十左衛門の右腕を、ピシリと打った。

それが、腕落しだった。

佐内にも道場内に居合わせた門人たちにも、それが特別な技とは映らなかった。ただ、十左衛門の虚《きょ》をついただけだと思った。

後年、佐内は友右衛門から腕落しを伝授されたとき、それが富田流に伝わる秘剣の一つであり、敵の動きを読み絶妙の呼吸で踏み込まねば、腕は斬れないことを知ったのである。

「卑怯《ひきょう》！」

十左衛門は烈火《れっか》のごとく怒った。

まだ竹刀も構えていない者を、ふいをついて襲うのは卑怯だと言うのだ。

「わが居合は、抜くまでの一瞬に命をかける。敵として、向かいあったときから勝負は始まっておるのです」と言って、父はとりあわなかった。

その後、佐内は江戸の町で二度ほど十左衛門を見かけたことがあった。

一度目は、佐内の道場にあらわれた翌年、武家屋敷の連なる本所亀沢町《ほんじよかめざわ》を汗をふきふき歩いていた。野袴《のばかま》に草鞋《わらじ》履き、総髪を後ろで束《たば》ねるという、いかにも武者修行という恰好《かつこう》で思いつめたような顔をして通り過ぎた。

二度目は、つい二月《ふたつき》ほど前、小名木川べりで無宿人が殺されたことを耳にしてから十日ほど後である。富岡八幡宮にちかい黒江町の料理茶屋から一見して芸者とわかる女に送られ、かなり酔っているらしく足元をふらつかせて出てきた。月代《さかやき》をきれいに剃《そ》り、着流しに雪駄《せつた》履きという粋《いき》な姿を、佐内は遠くから見ただけだが、十左衛門の腰や胸の肉がだいぶ落ちているのを感じとっていた。

その姿から、剣は捨てたらしい、と思ったのだが……。

三

まず、佐内は藤兵衛の身辺《しんぺん》から探りをいれてみた。

黒江町にある藤兵衛の材木問屋の近辺にある飲み屋や一膳めし屋に足を運び、店に出入りしている木場《きば》の仕事師などから話を聞きこんだ。

思った通りである。材木問屋というのはおもて向きで、裏では配下《はいか》の者を使って空寺《あきでら》や料理屋の離れなどで賭場《とば》を開いていた。

浅草《あさくさ》、両国《りょうごく》あたりを縄張《シマ》にしている笠間《かさま》の藤兵衛と呼ばれる男で、二年ほど前、借金のかたに脅《おど》しとった材木問屋に手下をひき連れて乗り込み、深川にまで勢力を広げようとしているらしかった。

富岡八幡宮の門前にひろがる歓楽街に目をつけ、参詣客や色街に出入りする富裕な商人などを賭場にひきこみ、巨額の寺銭《てらせん》を稼《かせ》ごうと画策しているようだ。

そうなると、当然もとから深川を縄張にしていた高砂《たかさご》の森蔵《もりぞう》と衝突することになる。深川への進出を目論《もくろ》む藤兵衛にとって森蔵は、目の上の瘤《こぶ》なのだろう。

一方、森蔵からみれば、藤兵衛は強引に己の縄張に侵入してきた敵である。その森蔵の依頼で、十左衛門《じゅうざえもん》が長吉を斬ったとみてもいいだろう。

佐内は、ひととおり藤兵衛を探り終えると、今度は森蔵の調べにかかった。

道場の稽古《けいこ》の方はふだんとかわりなく続けながら、佐内は森蔵の情婦《おんな》が女将《おかみ》としてやっている門前仲町《もんぜんなかちょう》の清洲《きよす》という料理屋を見張っていた。近頃、森蔵がそこに入《い》り浸《びた》っているという話を聞きこんだからである。

森蔵はずんぐりした体軀《たいく》の男で、脇差《わきざし》をさし、仙造《せんぞう》という目付きの鋭い男を連れて歩いていた。その仙造が用心棒役なのであろうか、森蔵の身辺に十左衛門の姿はなかった。

十日ほど探ると、森蔵が五日に一度ぐらいのわりで、本所にある空寺の賭場に顔をだすことがわかった。そのときだけ、大川端《おおかわばた》を歩き、万年橋《まんねんばし》のたもとを右におれて小名木川に沿った道を通る。しかも、帰りは賭場がはねてからで、明け方ちかくなることもあった。

崩れかかった寺門のそばで若い男が二人、しゃがみこんでぼそぼそと話していた。賭場の見張りをしている森蔵の手下である。

佐内は門の見える半町ほど離れた杉の幹に姿を隠し、森蔵の出てくるのを待っていた。

廃寺の本堂に手を加え、賭場として使っているのだろう。あたりは、武家屋敷の点在する寂しいところで、畑地や雑木林なども残っていた。

一刻《とき》(二時間)ほどすると、森蔵の笑い声が聞こえてきた。門の両脇にいた二人の若い男が立ち上がって見送っている。

森蔵の足元を仙造が提灯《ちょうちん》で照らしていた。やはり、十左衛門の姿はなかった。提灯の明りが、闇につつまれた雑木林のなかを火の玉のように過ぎていくのが、佐内の目に映った。

佐内はゆっくりした足取りで二人の後をつけた。あせる必要はなかった。二人の帰る道筋はわかっていた。小名木川に出てから、追いつけばじゅうぶんだった。

すでに、子《ね》の刻《こく》(午前一時)をまわっているのだろうか、辺りはひっそりと静まりかえっていた。本所相生町《あいおいちょう》から堀川に沿って深川六間堀《ろっけんぼり》町を小名木川に向かって南に歩いた。そのあたりは敷地の狭い武家屋敷が並び、人家も密集していたが、住民は眠りこんでいるらしく雨戸をしめきり、洩《も》れくる灯《ひ》もなかった。

闇に沈んだ家並の上に月が出ていた。赤みをおびた満月だった。人通りはまったくない。半町ほど先を行く森蔵の履く下駄《げた》の音だけが、妙に甲高《かんだか》く響いていた。

森下町《もりした》を過ぎると、行く手から川の土手を打つ小波《さざなみ》の音が聞こえてきた。正面に高橋《たかばし》の欄干《らんかん》が見える。佐内は足を速めた。高橋を渡り終わったあたりで追いつきたかった。

佐内の足音に、二人が足をとめた。

「何か用かい」

仙造が森蔵の前にまわりこむように立ち、闇の中から低い声を出した。

「いや、夜分《やぶん》、恐れいる。ちょっと、聞きたいことがあってな」

かまわず、佐内は二人の方に近寄った。

一瞬、二人は顔をこわばらせて身構えたが、すぐにその肩から力がぬけた。佐内のものいいがやわらかだったし、色白で手習い塾の師匠のような雰囲気がある。刺《し》客《かく》とは思わなかったようだ。

「森蔵親分とお見うけしましたが」

佐内はさらに間合《まあい》をつめた。

居合は、抜きつけの一刀に勝負をかける。相手に殺意を感じさせずに、斬りつける間合までつめておかねばならなかった。

「おおッ、おれが森蔵よ」

肌の浅黒い眉根《まゆね》の濃い男だった。酔っているらしく、むくんだような顔をしている。

「親分にお渡ししたい物がありまして……」

佐内は、自分の懐《ふところ》に右手をつっこんだまま間合をつめた。

一間《けん》……。佐内が懐から右手を抜き、わずかに腰を沈めた瞬間だった。

野郎！　喉を裂くような叫びと同時に、仙造が持っていた提灯を佐内に投げつけた。

かまわず、佐内は踏み込み、仙造が懐にのんだ匕首《あいくち》を抜こうと右手をあげた瞬間、抜きつけの一刀を斬り落した。

富田流居合、腕落しの秘剣だった。敵が利《き》き腕を柄に持っていく瞬間の隙をつく抜きつけの迅《はや》さと右腕を斬り落す正確さが、その極意《ごくい》だった。

骨を断《た》つ音と、ギャッ、という悲鳴が闇を裂いた。肘《ひじ》のあたりから斬られた腕が、血を撒《ま》きながら膝先に飛んだ。

佐内は仙造の腕を切り落した後、喉も腹も突かなかった。突けば、仙造のとどめを刺せるが、動きがとまると同時に、一瞬だが刀の自由が奪われるからだ。佐内は二の太刀で仙造の腹を抉《えぐ》るように斬りながら、脇をすりぬけるようにして前にでた。そうして、切っ先をまっすぐのばし、森蔵の喉元につけて動きを封じた。素早い、流れるような動きだった。

そのとき、ボッ、と提灯が燃え上がり、森蔵の鬼のような顔が闇に浮かびあがった。足元で、仙造が斬られた腹を抱えこむようにしてのたうっている。

「て、手前《てめえ》は、藤兵衛のさしがねだな」

森蔵が顔をひき攣《つ》らせて脇差を抜こうとした。

一瞬、柄《つか》をつかんだ森蔵の右腕に佐内の刀が斬りおろされた。佐内は、そのまま踏み込んで、わずかに前のめりになった森蔵の喉に、二の太刀を突き刺した。

その切っ先は森蔵の首の骨を砕き、うなじから突き抜けた。

グウッ、という臓腑《ぞうふ》を吐《は》きだすような呻《うめ》き声をだし、森蔵は残った左手で首に刺さった刀を抜こうとした。その手をさけるように、佐内がスッと刀身をひき抜くと、首からビュッと血を噴き上げながら、森蔵の体がゆっくりと前に倒れた。

佐内は、倒れこんでいる仙造のそばに膝をつき、喉に切っ先を突き刺してとどめを刺した後、森蔵の懐をさぐった。藤兵衛のいったとおり。財布はずっしりと重かった。四、五十両はありそうだ。あるいは、森蔵は賭場の寺銭を集めに寄ったのかもしれない。

辺りは凍りついたような静寂につつまれていた。見上げると満月が頭上で皓々《こうこう》と輝いている。青白い光のなかに濃い血の匂いが漂《ただよ》っていた。

四

「若先生、これ、かね」

おしまは、朝餉《あさげ》の膳《ぜん》を引き寄せながら、佐内の顔を盗むようにみて小指をたてた。

このところ連日、稽古が終わると道場を留守にするので、女でもできたかとおしまは勘繰《かんぐ》っているのだ。

「深川に、いい女がいてな。顔を出さないと、機嫌が悪いんだよ」

佐内は台所に立っているおしまに、三味線《しゃみせん》を弾く真似《まね》をして見せた。

「あれッ、深川芸者かね。……先生、へんな女をここに引き込まないでくださいよ。あたしは、しっかりした堅気《かたぎ》の女じゃなけりゃあ、嫌ですからね」

おしまは、大きな尻を佐内にむけたまま、流しで茶碗を洗いながら大声を出した。四十を越したおしまは、女相撲に出したいほど太っている。亭主に十五年ほど前に死なれ、その当時から佐内のところへ出入りするようになったのだ。

佐内の母親はもともと病弱だったが、風邪《かぜ》をこじらせたのが原因で、胸を病《や》み、佐内が七つになったころ亡くなった。

数年の間、佐内は父の手で育てられたが、男所帯のだらしなさを見かねた近所に住むおしまが通いで、男二人の身のまわりの世話をやくようになったのである。子供がいなかったこともあってか、おしまは佐内を自分の子供のように思うところがあり、佐内の嫁は、堅気のしっかりした女でなくては家には入れない、というのが口ぐせになっていた。

「それから、若先生、気をつけてくださいよ」

おしまが台所からもどると、茶請《ちゃうけ》に漬菜《つけな》の刻んだものを小皿で出しながら、大袈《おおげ》裟《さ》に眉根を寄せて言った。

「高橋《たかばし》のちかくで、森蔵ってえ親分が、物盗りに喉を刺されて殺されたとかで、子分が大騒ぎしてるって話ですからね。いくら、剣術の先生でも大勢でかかられたらかなやしないいんだから」

おしまは佐内の前にどっかりと座りこんで、目を剥《む》いて喋《しゃべ》った。はずした赤い襷《たすき》をまるめて握りしめている。

「ここ二月《ふたつき》ばかりの間に、四人だそうだな」

佐内は他人事《ひとごと》のように言った。

「そうですよ。……でもね、斬られてるのはみんなやくざ者《もん》なんですよ。お上《かみ》もね、やくざ者の喧嘩《けんか》じゃあ、本腰を入れて下手人《げしゅにん》をあげようなんてしませんよ」

「おしまも、という ふうにおしまは顔の前で手を振った。

駄目《だめ》だね、尻でも切りつけられねえように気をつけた方がいいぞ」

「えっ、あたしが」

おしまは、自分の尻の方に首をまわした。

「切ってみたくなるほどりっぱじゃないか、おしまの尻は」

笑いながら佐内は立ち上がった。

その背に、まるめたおしまの赤い襷が飛んできた。


佐内はしばらく道場内にひきこもっていた。これで今度の殺しが終わったとは思っていなかった。むしろ、厄介《やっかい》な仕事はこれからだったが、今下手に動くと、森蔵の手下と衝突する恐れがあった。それに、森蔵の身辺で最後まで姿を見せなかった十左衛門《じゅうざえもん》との決着もつけねばならないと思っていた。

十日ほどして、佐内は子《ね》の刻《こく》近くになって、そっと道場をぬけ出した。そろそろほとぼりもさめ、十左衛門が現場に顔を出すころだと思ったのである。

月が雲に隠れ、小名木川は闇のなかに沈んでいた。風にそよぐ柳と足元から流れてくるような岸を打つ小波《さざなみ》の音が聞こえていた。

寝静まった通りは木戸から洩《も》れる灯《ひ》もなく、ひっそりと静まりかえっている。佐内は高橋から小名木川に沿って海辺大工町《うみべだいくちょう》を歩き万年橋に出てから、大川沿いを本所相生町《ほんじょあいおいちょう》までひきかえすつもりだった。

もし、二人のやくざを斬ったのが十左衛門なら、もう一度小名木川べりに来るだろうという確信が、佐内にはあった。

十左衛門が右腕を斬ったのは、三年前の佐内の殺しにつなげて嫌疑《けんぎ》を逃れようとしたことに加えて、富田流に対する挑戦の意味もあると、佐内は感じていた。

鳥影《とりかげ》は、喉だけを突く。十左衛門が、わざわざ腕を斬ったということは、そこに強い意思が働いているとみてよかった。

三年前、佐内は蔵前《くらまえ》にある札差《ふださし》の依頼で、取り引きのあった藩の吟味役《ぎんみやく》の武士を一人斬っていた。なかなかの遣い手で、佐内はとっさに腕落しを遣って屠《ほふ》った。その札差と藩の間でどんなやりとりがあったのか佐内の知るところではなかったが、斬られた武士は辻斬りにあったと届けられ、町方《まちかた》の探索もかたちだけのものでうやむやになっていた。

おそらく、十左衛門はこの話を聞き込んで、腕落しを思い出したに違いない。そして、吟味役の武士を斬ったのは、佐内だと知ったのだ。

あるいは、十左衛門の胸のうちに六年前の決着をつけたいという思いが動いたのかもしれない。

とにかく、腕を斬ることで、富田流に再度挑戦してきたとみていいのである。

その挑戦に対して、佐内は、喉を突いて森蔵たちを殺すことで応じた。

むろん、藤兵衛《とうべえ》の言《げん》もあったが、死体に鳥影の突きと同じ傷を残すことで、挑戦を受けたことを十左衛門に伝えたのである。

人斬り稼業に身を堕《おと》しても、十左衛門の体の中に剣客《けんかく》として燃えるものが残っていたということである。それに応じた佐内にも同じ思いがあったということになる。

五

高橋から大川方面に一町ほどいった川べりに、一本だけ離れて柳が長い枝を垂れていた。その蓬髪《ほうはつ》を垂らしたような枝の下に人影があった。

少し風があるらしく、柳枝《りゅうし》は川面《かわも》の方に流れるようにそよいでいる。佐内はまっすぐ人影のある方に近付いていった。その武士らしい人影は、佐内の近付くのを待つようにじっと動かなかった。

月明りが小名木川の川面に落ち、風でたった小波《さざなみ》が青白い光を縞《しま》のように刻みながら岸に運んでいた。

佐内は無言で歩いた。歩を運ぶごとに、佐内の胸に獲物を狙う獣のような昂《たか》まりが生じ、雑念が消えていく。そして、相手を、斬る、ことに全神経が集中し、感覚も感情も麻痺《まひ》したように身体《からだ》から消え去っていく。人を斬ることの罪悪感は毫《ごう》も湧かなかった。

血かもしれない、と佐内は思うことがある。佐内は物心ついたときから、父である友右衛門の手で富田流居合術をたたきこまれてきた。父子にとって、それは剣の道を極めるというようなことでなく、生きるための斬殺の修行でしかなかった。

友右衛門は、金で殺しを請《う》け負《お》っていた。しかも、必ず屠《ほふ》った相手の首を刎《は》ねることから、闇の世界では首斬り友右衛門と異名《いみょう》をとるほどの男だった。佐内は、その父の血を受け、その父から殺人剣を習得してきたのだ。

佐内にとって依頼された相手を斬ることは、商人が算盤《そろばん》をはじき、大工が鉋《かんな》で板を削ることと大差はなかった。生きるための生業《なりわい》である。

その友右衛門の斬殺体が、浅草材木町の大川端で発見されたのが五年前だった。父が、益子屋《ますこや》新造《しんぞう》のつなぎで薬問屋を強請《ゆす》っていたことだけは分かったが、斬った相手は不明だった。父の狙っていた牢人も姿を消していた。ただ、腹を両断するほどの斬り口だけが、尋常《じんじょう》の遣い手でないことを語っていた。

父の斬殺体を見ても、佐内はそれほど悲しみはしなかった。いつの日か、斬られて死ぬことが刺客《しかく》の宿命だと思っていたからだ。

父の死後、間もなく佐内は稼業を継ぐように新造のつなぎで人を斬るようになった。

佐内が柳まで五間《けん》ほどに近付いたとき、ふいに男が樹陰から姿を現した。思ったとおり。斎藤十左衛門《じゅうざえもん》だ。すでに、刀を抜き、右手でだらりと下げている。

また、いちだんと痩《や》せたようだ。頬《ほお》がこけ、目ばかりが餓狼《がろう》のように光っていた。

あるいは、胸でも病んでいるのかもしれない。

「そこまでだな」

むしろ、静かな声で十左衛門は、佐内がそれ以上近付くのを制止した。

「剣は捨てたと思ったがな」

佐内は歩をとめて言った。

二人の間合は遠かった。居合は、せめて一間半の間合に入らねば遣えなかった。

「捨てた。捨てたが、この腕を売らねば、他に売るものはあるまい」

十左衛門は、なげやりな言いかたをした。

「たしかに……」

十左衛門の言わんとしていることは、佐内にもよく分かった。太平の世にあって、剣の腕で生きていくことは難しい。

剣名をあげ身を立てようとした十左衛門も、結局は挫《ざ》折《せつ》し、志を捨ててやくざの飼い犬になるぐらいしか生きていく術《すべ》がなかったのであろう。

佐内にも同じことがいえた。道場主といえば聞こえはいいが、裏では、富裕な商人や事件を闇に葬りたい藩の依頼などを受けて人を斬る刺客だった。餌《えさ》を貰《もら》って生きている犬に変わりはない。

「なぜ。始末した二人の男の腕を斬った」

佐内が訊《き》いた。

「腕を斬ったのは、富田流の腕落しと知らせんがためよ。町方《まちかた》も、やがてはそのことに気付いて、おぬしのところに嫌疑の目がむく」

「そうかな。……富田流に腕落しの技があることは、おれとおぬししか知らぬことだぞ」

事実そうだった。父友右衛門は、佐内に伝授しただけで、その技があることすら門人に話してはいない。

「……三年前の殺しとつなげてみる奴がいるかと思ってな」

「仕合う前に、訊いておきたいことがある」

「なんだ」

「なぜ、森蔵を守らなかった」

森蔵の飼い犬なら、深夜賭場《とば》からの帰りはそばについていてもいいはずだった。

「おれを、森蔵の飼い犬だと思ったか」

十左衛門の顔に、かすかな嗤《わら》いが浮いた。顔は艶《つや》がなく土色をしていたが、薄い唇が妙に赤かった。

「違うのか」

「死ぬ前に教えておいてやろう。長吉という男は、賭場の金を自分の懐《ふところ》に入れようとしたから死んだのよ。その前に死んだ無宿人《むしゅくにん》は、藤兵衛の賭場でいかさまをやった。……おれは藤兵衛に飼われていたのよ」

「……！」

一瞬にして、藤兵衛の企《たくら》みが読めた。藤兵衛は二匹の犬同士で噛《か》み合いをさせたのだ。藤兵衛という男の性根《しょうね》が、はっきりと見えたような気がした。

「藤兵衛は、おぬしにおれを斬らせるつもりだったのだ」

「そういうことか……。しかし、それを承知していながら、なぜ、ここに来た？」

「六年前打たれた腕《かいな》が、いまだに疼《うず》いてな。なんとしても、決着をつけたかったのだ」

「…………」

十左衛門の気持はよくわかった。六年前のことを思い出すと、佐内も疼く。完膚《かんぷ》無《な》きほど打ちのめされたのならまだしも、余力を残したまま負けただけに、いつまでも屈辱感が拭《ぬぐ》いきれないのだ。

「佐内……、一刀流、鳥影、受けてみるか」

十左衛門の目が、剣客らしい射るようなひかりをおびた。

「承知」

佐内は、二、三歩近付いた。

十左衛門が、ピクリと剣先をあげた。刀を抜いたまま待っていたのは、佐内の居合を封じるためなのだ。

十左衛門が切っ先をあげて、構えを正眼《せいがん》にとった。まだ鳥影を遣う下段《げだん》にとる気はないようだった。腕落しは刀を構えている相手には遣えぬという読みが、十左衛門に余裕を持たせているようだ。

間合は三間。腕落しどころか、この遠間《とおま》では、居合の威力は半減する。居合は、抜刀の一瞬と敵との一合《いちごう》で勝負をする技が多い。とくに、富田流居合は、抜きつけの一刀とそれにつづく動きのなかの二の太刀がすべてといってもいい。そのためにも、間合をつめねば勝負にならなかった。

佐内は、柄に手をのせ居合腰《いあいごし》をとって、じりじりと間合をつめはじめた。

「どうする、腕落しは遣えぬぞ」

言いながら、十左衛門は切っ先を下げはじめた。

鳥影を遣うつもりだ。

それでも、佐内は鳥影を敗るのは腕落しの呼吸で、抜きつけの一刀に勝負をかけるより他にないと思っていた。腕落しの神髄は、敵が動く一瞬の隙をつく反応の迅《はや》さにある。敵が下段からまっすぐ間合をつめて、上段に振りかぶる変化の一瞬をつき、抜きつけの一刀で切っ先をはじき、そのまま踏み込んで腹を刺す。つまり、敵が柄《つか》にもっていく腕を斬り落す呼吸で、上段を動く刀身をはじくのである。しかし、下段のまま突き進んでくる敵の切っ先に少しでも臆《おく》したら、振りかぶる瞬間の刀身をはじくことはできないはずだ。

間合は一間半。グッと十左衛門の腰が落ち、刀身が膝ほどの高さに下がった。

二人の身体が、まったく動かなくなった。

息をのむ数瞬がすぎた。

突如、佐内は痺《しび》れるような殺気を感知した。

来る！

その瞬間。十左衛門の身体が地を擦《す》るような下段のまま前に疾《はし》り、佐内の身体が沈んだ刹那《せつな》、キーンという金属音が響いた。

一瞬の勝負だった。

切っ先をはじかれた十左衛門の刀身は、佐内の肩口から空《くう》を突いていた。佐内の太刀は、十左衛門の腹を刺し貫き、切っ先は背から抜けていた。

密着したまま、二人の動きがとまった。

グエッという呻きが、十左衛門の口から洩《も》れた。

佐内は大きく背後に身を引いて、刺さった刀をひき抜いたが、十左衛門は倒れなかった。

「……刺せィ！　とどめを」

腹をおさえながら、十左衛門が絶叫した。

佐内は大きく踏み込むと、テェイ！という短い気合を発して、十左衛門の首を刎《は》ねた。黒い毬《まり》のような首が夜闇に飛び、倒木《とうぼく》のようにゆっくりと胴が前に倒れた。

足元に倒れた十左衛門《じゅうざえもん》の首根から血が噴き、見る見る地面に黒く見える血溜《ちだま》りがひろがっていく。その血のひろがりと呼応するかのように、佐内の身体からすうっと血の昂まりが消えていく……。

鳥影を敗った！

と佐内は思った。

六

深川黒江町にある料理茶屋で一席もうけたい、という藤兵衛から使いが来たのは、佐内が十左衛門を斬殺した三日後だった。

料理茶屋の奥の間で、佐内を迎えた藤兵衛は上機嫌だった。

「いやァ、なんとも見事なもんで」

佐内が座ると、さっそく酒をつぎにきたが、佐内はことわった。

「まったくの下戸《げこ》でして……」

嘘ではなかった。佐内は一口飲んだだけで顔が真っ赤になって目がまわるほど酒には弱かった。

「やらない。そりゃあ、結構なことで、十左衛門様も、酒で身を持ち崩したようなものでしてな。……こりャア、ますます気にいりましたな」

藤兵衛は顔をくずした。

「ところで、町方の動きはどうです？」と佐内が訊《き》いた。

「そのことですがね、森蔵を斬ったのも、長吉を斬ったのも、みんな十左衛門の仕《し》業《わざ》ということでけりがつきそうですよ」

佐内は十左衛門を斬った後、その懐《ふところ》に森蔵から奪った財布をそのままねじこんでおいたのだ。そうすれば、森蔵や番頭を斬った辻斬りは、十左衛門ということになるはずだった。そして、十左衛門はたまたま腕のたつ武士を襲って返り討ちにあった、と町方《まちかた》は判断するだろうと思っていた。どうやら、佐内の思惑《おもわく》どおりに動いているようだ。

「何とも見事なもんですなあ。後始末もきれいだ」

藤兵衛は満足そうな顔で、手酌《てじやく》で飲んでいる。

「ところで、十左衛門は、あなたの指図《さしず》で動いていたようですね」

佐内は膳の料理をつつきながら、顔もあげずに言った。

「へえ、やはりばれましたかな」

藤兵衛は、狡賢《ずるがしこ》そうな目でちらりと佐内を見た。

「藤兵衛さんも人が悪い。はなっから、拙者と十左衛門を嚙《か》みあわせるつもりだったんでしょう」

「いや、じつは、そのことなんですがね」

藤兵衛は杯をおいて、佐内の方に身を乗り出した。

「十左衛門から、六年前の仕合《しあい》のことや三年前の殺しのことを聞きましてな」

やはりそうだった。藤兵衛は十左衛門の口から、自分が人斬りを商売にしていることを知ったのだ。

「じつは、近頃、十左衛門様にはだいぶ手を焼いてましてね。……女には手を出すし、飲むと正体がなくなるほど酔うし、なんとか始末をつけたいと思ってたんですよ。……それで、ただ、殺《や》ってくれといっても、小野寺様は承知してはくれまいと思いましてね」

藤兵衛は箸《はし》をのばして刺身を口に運び、クシャクシャと噛んだ。肉食獣が獲物の肉を噛むような音をたてた。

「拙者《せっしゃ》に喉を突かせたのは？」

「十左衛門様から、無宿人や長吉の右腕を斬ったのは六年前の富田流との仕合に遺恨があるからだと聞きましてね。……そういうことなら、佐内様に森蔵の始末をお願いし、ついでに、十左衛門様も殺っていただこうと思ったわけでして。……それに、あるいは佐内様の方にも、十左衛門様と同じようなお気持があるのではないかと思いまして。それで、橋渡しをしてさしあげたわけですよ」

「なるほど……」

藤兵衛は、人斬り稼業に身を堕《おと》した二人の心底《しんてい》にわずかに残っている剣客としての意地をうまく利用したことになる。かりに、佐内が敗れても森蔵殺しの下手人として死んでもらえば、藤兵衛に累《るい》の及ぶことはないわけだ。

「……しかし、藤兵衛さん、森蔵と十左衛門の二人を殺らせておいて、五十両は、ちょっと安い気もしますがね」

佐内は藤兵衛の方に顔をあげた。

「承知してますよ。笠間の藤兵衛は吝《しわ》い男だ、などと陰口をたたかれるのは嫌ですからな。……さ、これは、十左衛門の斬り料」

藤兵衛は切餅を二つ懐から出すと、佐内の膝元に押し出した。

「いただいておきましょう」

佐内は当然のことのようにつかんで、懐にしまった。

「ところで、小野寺様……」

ふいに、藤兵衛は媚《こ》びるような嗤《わら》いを浮かべて、佐内の方に顔をむけた。

「これをご縁に、先々、この藤兵衛に力を貸しちゃあ貰えませんかね。……森蔵はかたづいたが、まだまだ、わたしが深川にいるのをおもしろく思わない奴もおりましてね」

「そうでしょうな」

佐内は焼いた小鯛《こだい》を箸でつついた。

「あたしゃあね、小野寺様が気にいってるんですよ。……そういっちゃあなんだが、役者にしてもよいほどの男前だ。誰も、裏で人斬りなどしてるとは思やあしねえ。それでいて、滅法強《つえ》えときてる」

「……そんなことはありませんよ」

佐内は、小鯛から、筍《たけのこ》の煮付けに箸を移した。

「どうでしょうな。月々五両。それに、仕事を頼むときには、別に相応《そうおう》のお手当てを出しますが」

藤兵衛は黒ずんだ唇を嘗《な》めながら、覗くように佐内を見た。その目に、檻《おり》の中の獣《けもの》に槍を突きたてるような残忍なひかりがあった。

「月、五両。……それもいいかも知れんな」

佐内は他人事《ひとごと》のように言って、立ち上がった。

「おや、厠《かわや》にでも」

「いや、今夜のところはこれで失礼する。なにせ、こういう席は苦手でして」

「そうですか。それじゃあ、今の話、承知していただいたと考えてもよろしいんでしょうな」

「そっちの気が変わらなければな」

「あたしの方は、もう、こうやってお願いしているくらいですからな」

藤兵衛は嗤《わら》いながら、部屋の外まで送ってきた。

佐内はいったん相生町にある道場に帰り、刀を置き匕首を懐に隠し、頃合をみはからって藤兵衛のいる黒江町の料理茶屋の前にもどった。

四半刻（三十分）ほど、黒塀《くろべい》の蔭の植込みに身を潜《ひそ》めて待つと、藤兵衛が三、四人の女に囲まれて、何か大声で喋《しゃべ》りながら出てきた。だいぶ機嫌がいいようだ。取り巻きの女たちに、愛想笑いを浮かべながら応じている。玄関を出ると、女たちは店にもどり、子分らしい男が藤兵衛の先にたって提灯《ちょうちん》で足元を照らした。

佐内は二人の後をつけた。尻《しり》っ端《ぱしょ》折りをして、手ぬぐいで頬被《ほおかぶ》りをした。こうすれば、武士には見えないはずだ。

富岡八幡宮の門前に近い黒江町は夜間でも人通りは絶えないが、さすがにこの時間になると、歩く人の姿はみかけなくなる。夜鷹《よたか》そばの灯《ひ》や料理屋の暖簾《のれん》の奥から洩《も》れてくる明かりが、夜道をぼんやりと照らし出していたが、ほとんどの店は雨戸を閉めきっていた。佐内は今夜最後の始末をつける気でいた。

藤兵衛は料理屋や茶屋などのつづく表通りからそれて、堀川沿いの寂しい通りにはいった。突然、佐内は駆け出した。匕首を抜き、まっすぐ提灯を持っている子分に迫った。

「誰でい！」

子分が振り返り、提灯で走り寄った佐内を照らし出そうとした。かまわず、佐内は、森蔵親分の敵《かたき》！　と口ばしりながら、体ごと子分にぶっつかった。匕首が子分の脇腹に刺さった。はずみで、子分の手から飛んだ提灯が堀川に落ちて、小さな水音をたてて消えた。闇の中で、バタバタと逃げる藤兵衛の足音が響く。襲いかかる野犬のように、佐内の体が藤兵衛にとびかかる。

「て、て前《めえ》は！」

藤兵衛の顔がひき攣った。

佐内は匕首で藤兵衛の腹を刺し、刃で臓腑《ぞうふ》を抉《えぐ》るように斬りあげた。こうすれば、間違いなく死ぬ。

「人斬り屋にも、きまりがあってな」

佐内は藤兵衛の耳元で言った。

「ち、ちくしょう……！」

藤兵衛は凄《すさ》まじい形相《ぎょうそう》で、佐内の襟元《えりもと》をつかもうと腕をのばしたが、そのまま身を預けるようにズルズルと倒れた。

佐内の背後で、呻《うめ》き声と地面をずるような音が聞こえた。さっきの子分が、腹を押えて地面を這《は》っている。佐内は子分を追わなかった。子分を生かしておけば、森蔵の手の者が、殺ったことになるはずだった。つなぎ役の益子屋新造をとおしてだけ人を斬り、それ以外の余分な口を塞《ふさ》いでおくことは、人斬り稼業を続けていくための鉄則の一つだった。

佐内は、駆け出した。寝静まった夜の江戸の町を駆けながら、しめて、百両か……。

と思った。

後の五十両は、十左衛門からもらった藤兵衛の斬り料だ、と佐内は夜闇の中で呟《つぶや》いた。

剣狼

一

夕間暮《ゆうまぐれ》の街道を冷たい風が吹きぬけていた。足元から砂塵《さじん》がたち、道端の芒《すすき》が風にたたかれるように穂をなびかせている。遥か遠くかすかな残照に上州の赤城《あかぎ》、榛名《はるな》、信州の浅間《あさま》などの山々が蒼《あお》く浮き上がったように見えていた。

中山道《なかせんどう》、本庄宿《ほんじょう》のはずれ。晩秋の風が吹きぬける通りに旅人の姿はなかったが、前方にちらちらと灯火《あかり》が見え、民家や旅籠《はたご》が軒を連ねる宿場が夕闇のなかに黒々とした家並みを刻んでいた。

風と寒さを防ぐためであろう、手ぬぐいで頰《ほ》っかぶりした牢人《ろうにん》がひとり背を丸めて歩いていた。牢人の名は秋山要助《あきやまようすけ》。神道無念流《しんとうむねんりゅう》の遣い手だが、すでに四十路《よそじ》を越え鬢《びん》にはわずかに白いものも混じっている。

(……四人はいようか)

秋山は前方右手の茅屋《ぼうおく》の陰にふたり、左手の笹藪《ささやぶ》のなかにふたり、人影があるのに気付いていた。

秋山は刀の柄《つか》を握って目釘《めくぎ》を確かめ、冷えた手を胸のあたりでこすった。

森蔵《もりぞう》一家の意趣《いしゅ》晴らしだろうと思った。三日ほど前、本庄宿《ほんじょう》で森蔵一家の賭場《とば》を襲い、中盆《なかぼん》の深谷《ふかや》の弥吉《やきち》という男を斬《き》っていたからである。

本庄宿は城下町を除けば中山道最大の宿場で、下仁田《しもにた》越えと呼ばれる脇《わき》街道との分岐点でもあり、旅人はむろんのこと上州の生糸を扱う商人などが多く滞在し、なかなかの繁昌《はんじょう》ぶりであった。

このころ（文化十年＝一八一三）、武州、上州一帯は天領、寺社領、藩領がいりまじり、実質的な支配者である代官の警察権がうまく機能しなかったうえに、年貢の取りたてに専心したため、風儀は乱れ、多くの潰《つぶ》れ百姓たちが泥棒や博奕《ばくち》打ちに転落していった。かれらは中山道や脇街道の宿場町に流入し、本庄宿も長脇差《ながわきざし》たちの絶好の巣となっていた。

本庄宿を縄張りとしていたのは、下仁田の浅次郎と坊主《ぼうず》の森蔵と呼ばれるふたりの博徒の親分だった。ふたりで本庄宿を二分するかたちになっていたが、勢力が拮《きっ》抗《こう》していたので諍《いさか》いが絶えなかった。

秋山は中山道、高崎宿にいる神道無念流の同門だった男を訪ねる途中、三年ほど前に滞在したことのある浅次郎のもとに草鞋《わらじ》を脱いだのだが、浅次郎の依頼で森蔵の賭場への襲撃に加わったのである。

ザザッ、と藪をかきわける音がし、男がふたり、茅屋の陰からは三人、秋山をかこむように飛び出してきた。鉢巻襷《はちまきたすき》がけ、いずれも血走った目をし、長脇差の抜身をひっさげている。思ったとおり、出入装束《けんかしょうぞく》に身をかためた森蔵の手下たちだ。

「秋山要助、命はもらったぜ！」

強風に逆らうようにつっ立った前方の男が、目をつり上げ歯を剝《む》き出して叫んだ。

「五人いたか……」

そうつぶやくと、秋山は抜刀した。

切っ先を突き上げるように高い八相《はっそう》に構えた秋山は、すばやく笹竹の密集した藪を背にした。背後からの斬撃《ざんげき》をさけるためである。

三方をかこんだ五人の男たちは、腰を引き両腕を前に突き出すようにして身構えていた。飢えた野犬のように目を光らせ、小刻みに体を震わせている。体ごとつっこんでくる気なのだ。その構えも、間合《まあい》も、体捌《たいさば》きもでたらめな喧嘩《けんか》殺法だが、あなどれないことを秋山は知っていた。

潰れ百姓から無宿となり博奕打ちに身を落とした男たちは、己の体を張って生死の境で生きている。喧嘩に負けることは死ぬことであり、初めから捨て身で斬りこんでくるのだ。

秋山は八相のまま身動《みじろ》ぎしない。秋山はどんなに大勢にとりかこまれようと、武器《えもの》が刀だけなら同時に斬りこめないことを知っていた。ひとりひとり、斬撃の間に入った者を一撃で屠《ほふ》ればいいのである。

男たちはジリジリと間をつめはじめた。痺《しび》れるような緊張に男たちの顔がひき攣《つ》る。鬢のほつれが強風に流れ、長脇差の刀身が銀蛇《ぎんだ》のようにうすく光る。

潮合だった。秋山はピクッと刀身を動かし、斬撃の色（気配）を見せた。その色にはじかれたように正面にいた男が動いた。イヤアアッ！　と、喉《のど》を裂くような気合を発し、つんのめるように長脇差を突いてきた。

男が間境《まざかい》を越えた刹那《せつな》、鋭い気合とともに秋山の刀身が一閃《いっせん》した。

骨肉を断つにぶい音がし、男の首が夜陰に黒い塊となって飛んだ。ビュッ、と音をたてて首根から血が赤い帯《おび》のように噴き上がり、強風に驟雨《しゅうう》のように散った。首を失った男の体は地べたに這《は》い、首根から血を撒《ま》き散らしながら四肢を痙攣《けいれん》させた。夜陰にしゅるしゅると血の噴出音がひびく。

それでも、秋山の動きはとまらなかった。流れるような体捌きで反転すると、左脇から斬りこんできた男の刀身を下段から撥《は》ね上げ、男が体をのけ反らせるところを頭頂に斬り落とした。

凄《すさ》まじい斬撃だった。鍔先《つばさき》が触れ合うほど接近し、正面から物打《ものうち》でとらえた秋山の一刀は、男の頭から胸のあたりまでふたつに断ち割っていた。血と脳漿《のうしょう》が柘榴《ざくろ》のようにひらいた頭蓋《ずがい》から飛び散り、男はその場にたたき潰されるように倒れた。

ヒャッ！　という悲鳴が、残った三人のなかから聞こえた。狂い犬のように目をひき攣らせ、腰の引けた体で長脇差を前に突き出すように構えている。その刀身が闇を刻むように震えていた。恐怖が男たちの体を縛り、戦意を奪っているのだ。

八相や上段から頭と首だけを狙《ねら》い、一太刀で屠る。これが集団を相手にしたときの秋山の刀法だった。腕や胴部を斬っても、かんたんには死なない。ときに、傷ついた者の死にもの狂いの斬撃は、予想を越えた激烈なものになることがある。窮鼠《きゅうそ》が猫を嚙《か》むこともあるのだ。さらに、頭蓋を割り首を刎《は》ねる惨殺は凄惨《せいさん》きわまりなく、他の敵に強い恐怖心を生じさせる効果がある。どのような闘いでも、先に恐怖心や怯《おび》えをいだいた方の負けなのである。

秋山は八相に構えたまま身動《みじろ》ぎしない。返り血を浴びた秋山の顔が薄闇のなかで悪鬼のように浮かびあがっていた。

「ち、ちくしょう！　こいつは、鬼だ、鬼秋山だ！」

正面の男が後じさりしながら、声を震わせて叫んだ。

「かなわねえ、逃げろ！」

ひとりが反転すると、他のふたりも悲鳴をあげながら逃げだした。

秋山は刀身の血を振るい落として納刀すると、ゆっくりと宿場の方に歩きだした。

そのとき、秋山は背後に人の気配を感じた。

（まだ、いたか）

振りかえると、闇を増した茅屋の陰にたたずんでいる人影があった。

腰に二刀を差している。武士のようだ。秋山は柄に手をのばし鯉口《こいぐち》を切ったが、
人影にむかってくるような気配はなかった。

物陰から斬り合いの様子を見ていたらしいが、秋山が歩み寄ろうとすると、すばやく反転し深い闇のなかに姿を消した。

二

莨《たばこ》の紫煙が渦巻き、人息と温気《うんき》の溢《あふ》れるなかに、諸肌《もろはだ》脱ぎの男たちの汗ばんだ肌や腹に巻いた晒《さらし》が、百目蠟燭《ひゃくめろうそく》の炎を映して滲《にじ》んだように赤く染まっていた。

半方《はんかた》ないか、半方ないか、半方ないか、半方、半方、半方……。

張手《はりて》（客）をうながすように、中盆の声がひびく。

宰領役《さいりよう》の中盆の前に、畳五枚ほどに白木綿をかぶせた盆茣蓙《ぼんござ》が作られ、二十人ほどの張手とその半数ほどの若い衆が座をかこんでいた。ここは本庄宿にある浅次郎の賭場。いつになく客足が多く、熱気をはらんでいる。

「半方、張った、半方、張った。……はい、半丁駒《こま》、そろいました。壺《つぼ》ッ！」

中盆の声と同時に、壺振りが賽《さい》を壺に投げ入れる。

一瞬、盆茣蓙の動きがとまり、張手たちは腹を絞られるような緊張に目を剝き、壺を食い入るように見つめる。

「勝負！」

中盆の甲高《かんだか》い声で、パッ、と壺振りが壺をあける。

「三一《さんぴん》の丁ッ！」

賽の目を読む中盆の声に、丁方の座がドッとどよめき、対する半方からは悲鳴のような溜《た》め息がもれる。

秋山要助は、盆茣蓙の見える隣の座敷で、隅の柱に寄りかかってふるまい酒を飲んでいた。

さきほど、親分の浅次郎が客に挨拶《あいさつ》したあと、秋山のところに顔を出すと、

「森蔵の手下《てか》を二人ほど始末していただいたそうで……。先生、これで、気分なおしでもなさっちゃァどうです」

そう小声で言って五両手渡し、別部屋で馴染《なじ》みの旦那衆《だんな》と世間話に興じていた。

秋山の懐にはその金があったが、腰を上げる気にはならなかった。この賭場に来る前、宿場の手前で出会った武士のことが気になっていた。人影は二刀を差し、着崩れのない袴《はかま》姿だった。やくざの用心棒や武者修行の剣客でもなさそうだった。

（江戸から来たか……）

やくざの用心棒や武者修行の剣客でなければ、秋山が思いつくのは江戸の撃剣館《げきけんかん》の者だけだった。

秋山は本庄宿にちかい武州埼玉郡熊谷箱田村《さいたまごおりくまがやはこだ》の百姓の子に生まれた。幼いころか

ら剣を好み、箱田村で鹿島神道流《かしましんとうりゅう》を学んでいたが、二十歳《はたち》を過ぎて、当時、神道無念流で名をなしていた郷里出身の戸賀崎熊太郎《とがさきくまたろう》を頼って江戸に出た。しかし、すでに戸賀崎が老いて引退していたため、弟子の岡田十松《おかだじゅうまつ》の経営する撃剣館に入門する。

秋山は撃剣館で修行に励み、師範代までつとめるようになるが、同門の福田大八《ふくだだいはち》に助勢し、篠津《しのつ》という宿敵を討つ。そのことが巷間《こうかん》に喧伝《けんでん》され、秋山の名声を高めると同時に人生を大きく狂わせることになる。

秋山の名声を耳にした熊谷宿の博徒の親分に頼まれ、三十両の金をもらって博奕打ちの出入りに助太刀したのがはじめだった。金を渡されて秋山はわが目を疑った。三十両の金は、かれの数年分の生活費だったのだ。それを一夜で手にしたのである。

単身上府し、剣の道一筋に生きてきた男が、思わぬ大金を握って酒と女の味を知り、身を持ち崩すのにたいした月日はいらなかった。金で酒と女を買い、また金がなくなると武州、上州などの宿場をまわり、博徒の親分から大金をせしめるようになった。

だが、秋山は金だけで人を斬ったわけではない。初めての斬殺で、人を斬る剣に魅入られたといってもいい。たとえ相手が無宿者や博奕打ちであれ、真剣勝負は道場での竹刀《しない》剣術とはちがった敵とのかけひきがあった。間積《まづも》り、刃筋のたて方、体捌き、闘いの場の読み、それらすべてが道場の剣とは微妙にちがっていた。そして何よりも敵と白刃をむけあったときの痺れるような緊迫感と高揚が、秋山を強くとらえたのである。

（道場の剣は竹刀でのたたき合いだ、剣は人を斬るためにある）

秋山はそう己に言い聞かせ、迷うことなく人を斬った。

またたく間に、秋山の名は上州、武州、房州一帯の渡世人の間に広がり、鬼秋山、喧嘩秋山と呼ばれて恐れられるようになった。

しかし、撃剣館はむろんのこと江戸に道場を置く他流の者たちは、かれを蛇蠍《だかつ》のごとく嫌った。そして、秋山の腕を買い師範代をさせていた師匠の岡田までが、

「そちの剣は、位《くらい》がない。飢えた狼のような剣じゃ」

そう言って、撃剣館への出入りを禁じたのである。

その後、秋山は撃剣館へは足を向けなかったが、江戸の博奕場に用心棒として居座っていたため、一門の恥と感じた撃剣館の若い門弟が数人でかれを襲撃した。

本庄宿に草鞋を脱ぐ三日前のことである。秋山はかれらの腕や肩口を斬り、その足で高崎の同門だった男を頼って江戸を発《た》った。命こそ奪わなかったが、二度と竹刀を握れないような体になった者もいるはずだった。撃剣館から追っ手がかかって

も不思議はなかった。

(だが、ひとりか……)

追っ手なら相当腕のたつ者でなければならないが、茅屋の陰で見た人影の輪郭に思いあたる者はいなかった。

「先生、酒がきれてますぜ」

背後から声をかけたのは、さっきまで盆茣蓙で壷を振っていた吉次《きちじ》という男である。

吉次は、秋山のかたわらの貧乏徳利を取り上げ、若い衆に酒を持ってくるように言いつけると、

「若い者《もん》に、任せやしたので」

と、照れたような笑いを浮かべて秋山のそばに腰を落とした。

見ると、盆茣蓙で壷を振っているのは、吉次の弟分で般若《はんにゃ》の政《まさ》という男だった。諸肌脱ぎの背に般若の入墨がしてあった。蠟燭の炎に浮かび上がった般若が、壷を振る動作のたびに肩口から覗《のぞ》き、熱くなっている男たちを嗤《わら》っているように見えた。

「先生、何か気にいらねえことでも……」

吉次はうかぬ顔をして座っている秋山に訊《き》いた。秋山と同年輩ということもあっ

て、吉次は秋山に親しい口をきいた。

「なに、たいしたことではない」

秋山は気になっていた武士のことを話した。

「先生、そういうことなら、若い者に探らせやしょう。それに、森蔵一家もこのまま黙ってるとは思えねえ。……先生のお蔭《かげ》で、向こうの賭場は閑古鳥が鳴いてるそうだが、賭場が潰れりゃァ博奕打ちは生きちゃァいけねえ。やつら、死にもの狂いできますぜ」

そう言うと、中盆の甲高い声のひびく盆茣蓙の方に目をやった。

三

庭先の柿《かき》の枝先に残った実が西日を受けて、赤い花のように輝いていた。風は冷たかったが、秋の陽射《ひざ》しは明るかった。大きな農家らしく、母屋のまわりには土蔵、馬小屋、小作人の住む長屋などが幾棟も並び建っていた。

場所は秩父《ちちぶ》往還道《おうかんどう》にちかい熊谷宿のはずれである。その豪農の庭先に砂埃《すなぼこり》がたち、甲高い気合と竹刀を打ち合う音がひびいていた。庭に筵《むしろ》を敷いて、秋の収穫を終えた近隣の農家の子弟や小作人たちが集まって剣術の稽古《けいこ》をしているのだ。

「親分、あれが甲源一刀流《こうげんいっとうりゅう》を遣う八寸《はちす》円蔵《えんぞう》ですぜ」

かたわらに立っている森蔵に声をかけたのは、秋山を襲い逃げ帰った寅五郎《とらごろう》という森蔵の子分である。

中山道は熊谷宿の先の石原《いしはら》で、荒川沿いの渓谷を蛇行してつづく秩父往還道と分岐している。秩父街道とも呼ばれるその道の行き着いた先が秩父で、甲源一刀流の発祥の地だが、街道に沿ってひらけた寄居《よりい》、熊谷などの郷士や農民の間にも甲源一刀流はひろまっていた。

「あの背の高いやつかい」

森蔵はギョロリとした目で男たちを眺めまわし、長身の武士を指差した。

色の浅黒い長身痩軀《そうく》の男だった。頰が抉《えぐ》りとったように落ちくぼんでいる。牢人らしく、総髪を無造作にたばね、よれよれの柿色の素袷《すあわせ》と折り目の消えた黒袴をはいていた。

「へい。親分、あいつなら、きっと秋山を仕留めますぜ」

「うむ……」

森蔵と寅五郎は納屋の陰から、八寸の動きを凝《じっ》と見つめていた。

男たちは襷で両袖《りょうそで》を絞り、袴の者は股《もも》だちをとって、面《めん》、籠手《こて》を着けて竹刀で打ちあっている者もいれば、木刀で型稽古《かたげいこ》をおこなっている者もいた。

八寸は防具は着けず、竹刀で若い武士らしい男と対峙《たいじ》していた。両者とも青眼《せいがん》で向きあっていたが、若い武士が打突の機をとらえたらしく裂帛《れっぱく》の気合とともに打ち込んだ。

パッ、と足元で砂塵があがり、一瞬、秋の陽に竹刀がきらめいたように見えたが、次の瞬間、竹刀を打つ乾いた音がし、若い武士の竹刀が虚空に撥ね飛んでいた。まいった！　と叫びざま、若い武士は砂埃のなかにがっくりと膝《ひざ》をついた。

八寸は青眼に構えたままで、動いたように見えなかった。気合も発せず、表情も変わらなかった。

「親分！　胴《どう》ですぜ、胴！」

寅五郎が感嘆の声をあげた。

森蔵にも八寸が胴を打ったことはわかった。太刀すじが見えたからではなく、若い武士が腹を押さえてうずくまったからだ。

「寅！　何としてもあの先生にお願いするんだ」

森蔵は、あの男なら秋山を斬れる、と直感し、目をひからせて稽古場に歩きだした。

その夜、森蔵は熊谷宿にある利根菊《とねぎく》という料理屋で八寸と会った。

「儂《わし》に助太刀《すけだち》を頼みたいと申されるか……」

八寸は森蔵のついだ酒をうまそうにすすったあと、驚いたような顔をした。

まぢかで見る八寸は、衣類もつぎ当てのある粗末なもので、無精髭《ぶしょうひげ》をはやした貧相な痩《や》せ牢人でしかなかった。歳《とし》も五十を越していようか、うすくなった鬢にはだいぶ白いものも混じっている。

「お願《ねげ》えいたしやす」

森蔵と同席した寅五郎は殊勝な顔をして頭をさげた。

「儂のような者が、親分の役に立つとは思えぬが……」

八寸は、目を細め、口先をのばして杯の酒をすするように飲んだ。

「このままじゃァ、あっしも子分どもも首をくくるしかねえんで」

森蔵のいかつい目に哀願するような光が宿った。

森蔵は必死だった。賭場を浅次郎一家の者と秋山に襲われ、中盆の弥吉を斬り殺されていた。中盆の首のすげかえなどいつでもできるが、客の目の前で賭場を荒らされた汚名を晴らし、逃げた客をとりもどすには、秋山を斬り、浅次郎一家に相応の落としまえをつけさせるより他に手はなかったのだ。

「それで、この腕、いくらです？」

八寸は心底を覗くような目をして森蔵を見た。

「五十両」

森蔵は片手を突き出すように八寸の前にひろげた。

この店に来るまでに、森蔵は手下を使って八寸のことを調べさせ、八寸が道場を建てる金を欲しがっていることを知っていた。五十両の金があれば、熊谷宿にある住居《すまい》に建増しし、道場らしい体裁はとれるはずである。

「それはまた大金を……」

八寸の長い首が伸び、嬉《うれ》しそうに目尻《めじり》が下がったあと、ちいさくうなずいた。どうやら、八寸は端《はな》から金額によって応じるつもりだったようだ。

「ありがてえ、先生ならあいつを始末できる」

「それで、儂の相手は？」

「秋山要助でさァ」

「秋山……！」

ふいに、八寸は背筋をのばし、尖《とが》った喉仏をごくんと動かして声を呑《の》んだあと、

「あの撃剣館の秋山かね」

と訊いて、森蔵がうなずくと、儂には斬れんなァ、とつぶやいて手にした杯を膳に置いてしまった。

「先生！　あっしらの一家の者《もん》も、総出でかかるつもりなんで……。先生の助太刀がありゃァ、何とかなりやす。……先生、お願えいたしやす」

森蔵と寅五郎は額を畳にこすりつけた。

八寸の老いて陽に灼けた顔に、戸惑いの表情が浮いた。いっとき、伏している森蔵と寅五郎に視線を落としていたが、迷いをふっ切ったように顔をあげると、

「うむ……。儂には斬れんが、何とかなるかもしれんな」

とひとりごちるように言った。

そのとき、老剣客の胸に、道場主として余生を送る最後の機会との思いがよぎったのかもしれない。

「親分、竹槍《たけやり》を三本ほど用意してもらおうか」

八寸は低い声でそう言うと、また膳の杯に手をのばした。上体をかがめたとき、その顔は翳《かげ》につつまれ、細い目が薄闇のなかで蛇《くちなわ》のようなひかりをおびた。

四

本庄宿のはずれにある桔梗《ききよう》という料理屋に、秋山は寝泊まりしていた。その店はおとよという浅次郎の妾《めかけ》が切り盛りしていたが、二階の一部屋を秋山のために提供していたのだ。

桔梗に吉次が顔をだしたのは、賭場で顔をあわせてから三日後だった。

「先生、武甲屋《ぶこうや》に江戸から来たという若い侍が泊まってるようなんですが、そいつじゃァありませんかね」

吉次は冷たい風のなかを歩きまわったとみえ、しきりに手をこすりながら言った。武甲屋というのは、本庄宿でも大きな旅籠だった。

「名は？」

「朝倉恭之介《あさくらきようのすけ》、まだ二十歳前後の若造ですぜ」

「うむ……」

どこかで聞いたような名だったが、秋山は思い出せなかった。少なくとも、秋山を襲って返り討ちにあった者や撃剣館の門弟のなかには朝倉という名はない。

「それより、先生、森蔵一家の動きが気になりますぜ。助っ人に剣術遣いを頼んだようなんで」

「ほう、どんな男だ?」

「甲源一刀流の八寸円蔵だそうで」

「八寸……!」

秋山は八寸の名を知っていた。強敵だと思った。甲源一刀流の本拠地である秩父の耀武館《ようぶかん》で長く修行をつみ流派を継ぐ男と噂《うわさ》されていたが、流派間の対立から馬庭《まにわ》念流《ねんりゅう》の真壁《まかべ》という男を斬って耀武館を出て野にくだっていた。

(だが、恐れることはあるまい)

と秋山は思った。

八寸はすでに老いているはずだった。それに、何度となく修羅場をくぐった経験と多くの真剣勝負から、道場でのたたきあいの剣法には負けぬ、という強い自負と自信とが秋山にはあった。

その日、秋山は陽が西にかたむくと、桔梗を出た。浅次郎から、先生、しばらくの間、賭場に顔を出してくだせえ、と頼まれていたからだ。

相手に秋山がいるだけで、無宿人や博奕打ちは震えあがる。浅次郎は森蔵一家の襲撃にそなえ、秋山を用心棒として賭場に座らせておきたかったようだ。

（だれか尾《つ》けてくるようだ）

と気付いたのは、桔梗を出てしばらく歩いたときだった。

暮色のつつみはじめた街道は、宿をもとめる旅人や客引き女などの声で賑《にぎ》やかだった。

尾けてくるのは、武士がひとり。どうやら朝倉らしかった。馬子や駕籠《かご》かきなどの背後に身を隠すようにして尾けてくるが、大柄の武家の姿は目立ち、それとなく振り返るだけで見失うようなことはなかった。

秋山は浅次郎の賭場を通りこして、わざと人通りのない脇道へはいった。何のための尾行か、確かめてみようと思ったのだ。

近くに人家のない空き地に立ちどまると、秋山は朝倉の近付いてくるのを待った。

朝倉はこっちを向いて立っている秋山に気付くと、躊躇《ちゅうちょ》したように立ちどまったが、そのまま歩をすすめてきた。

「おれに何の用だ」

間近で見る朝倉は、肌の浅黒い鋭い目をした若者だった。剣の修行で鍛え上げたらしく、首根が太く筋肉質のひき締まった体をしていた。ただ、出自は郷士か百姓らしく、袴や小袖も体にしっくりこず、その身辺にどこか土くさい臭いがただよっていた。

ふと、秋山は江戸で名をなした戸賀崎を頼り、希望に燃えて郷里の箱田村を発ったときのことを思い出した。

(似ている……)

と思った。

鍛え上げた体、人並みはずれた膂力《りょりょく》、すでに田舎道場などでは相手がいないほどの剣の冴《さ》え。気後れや恐れは微塵《みじん》もなかった。秋山は諸国の名人達者が集まる江戸の地に、自信と希望に燃えてその一歩を踏み入れたのだ。

それから二十余年の歳月が流れていた。今は、江戸を追われ博徒の間を用心棒として渡り歩いている。

「拙者、朝倉恭之介と申す。秋山要助どのに一手ご指南いただきたく、まかりこしました」

朝倉はギラギラするような挑戦的な目で、秋山を見つめながら言った。

「流派は?」

やはり、この男は己の腕に絶対的な自信をもっている、と秋山は見てとった。

「秋山どのと同じ、神道無念流にございます」

「なに、すると撃剣館の者か……」

秋山はあらためて朝倉の顔を見た。だが、やはり見覚えはなかった。

「いや、拙者は麴町《こうじまち》の神武館《しんぶかん》でござる」

「神武館の朝倉……！」

秋山は思い出した。

撃剣館は神田猿楽町にあるが、岡田の師である戸賀崎の高弟だった熊沢孫右衛門《くまざわまごえもん》という男が、麴町に神道無念流の神武館という道場を開いていた。三年ほど前、その道場に房州から、師の熊沢でさえ三本に一本はとられる、という剣の天稟《てんぴん》に恵まれた若者が入門したと聞いた覚えがあった。たしか、その名が朝倉であった。

「なにゆえ、神武館の者がおれを追ってくる」

「深意はございませぬ。拙者、ひごろより秋山どのの高名を聞きおよび、一手ご指南いただきたいと切望しておりましたが、機会を得ず、先日、秋山どのが江戸を発ったと聞き、この機を逃してはならじと慌《あわ》てて追って参った次第でございます」

「うむ……」

おそらく、この男は撃剣館の門弟が返り討ちにあったことを聞き、同流である己の手で秋山を討とうと思い立って追ってきたのであろうが、抜け駆けである。朝倉には純粋に己の腕を試したいという気持ちもあろうが、若者らしい功名心が抑えられなかったにちがいない。

五

「秋山どのさえ、よろしければ、日をあらためまして。検分役は、鴻巣《こうのす》宿の針《はり》ヶ谷《や》どのをお頼みするつもりでおりますが」

朝倉は澱みなく言った。どうやら、はじめから場をあらため検分役を立てるつもりでいたようだ。鴻巣宿は熊谷宿から四里ほどはなれた中山道の宿場である。そこで、針ヶ谷という男が神道無念流の小さな町道場をひらいていた。

「面倒な。……この場で仕合《しあ》ったらよかろう」

秋山は刀の柄に手をのばした。

「…………！」

朝倉はハッとした顔をし、慌てて二、三歩後じさった。

「それとも、竹刀でなければ怖くて勝負できぬか」

「な、なに！」

朝倉の顔にサッと朱がさした。

「おぬしの腰の刀は飾りではあるまい。敵に勝負を挑めば、そのときから闘いははじまる」

秋山は抜刀した。

「…………！」

朝倉はさらに一歩引いてから刀を抜き、青眼に構えた。

紅潮した顔から血の気がひき、能面のような冷たい面貌《おもて》に豹変《ひょうへん》した。感情を消し、剣に気を集中させたのだ。ただ、目だけが獲物を追う猛禽《もうきん》のような鋭いひかりを放っている。

（いい構えだ……！）

と秋山は思った。

まさに、どっしりとした大樹のような構えで、全身に気勢《きせい》がみなぎっている。ぴたりと喉元につけられた剣尖《けんせん》には刺すような鋭さがあり、まったく隙がない。

（だが、道場の剣だ……）

そう思い、秋山も青眼に構えると、すばやく間合をつめた。

一足一刀の間境の手前で足をとめ、秋山は敵の攻撃を誘うように青眼から高い八相に構えなおした。諸手を上げた八相は胴が空《あ》く。道場での竹刀の立ち合いでは、よほど腕の差がなければとらない構えである。しかも、秋山の構えには敵を一撃で打つ気魄《きはく》がなく、ぬらりとつっ立っているだけに見えた。

一瞬、朝倉は逡巡《しゅんじゅん》するように切っ先を震わせたが、敵を威圧するように切っ先に気魄をこめ、グイと間境に右足を踏み入れた。刹那、秋山の全身に稲妻のような剣気がはしり、鋭い刃鳴りとともに体《たい》が疾風のように躍動した。間髪《かんぱつ》をいれず、朝倉の体も沈み、横に払った刀身が薄闇に白光を引く。

イヤアアッ！

トオオッ！

両者の鋭い気合が夜気を裂き、刀身の触れ合う音がひびいた。すれちがいざま両者は一合し、反転すると、すばやく敵に切っ先をむけあった。

アッ、という声が、朝倉の口からもれた。驚愕《きょうがく》に目を剝いた朝倉の額に血の線がはしり、プップッと血が噴いて流れだした。見る間に左半顔が血に染まる。八相から斬り落とした秋山の切っ先が、朝倉の額をとらえたのだ。

「朝倉、これまでだ」

秋山は自ら一歩下がり間合をとって、刀身を下ろした。

斬るまでもあるまい、と秋山は思った。朝倉の額の傷は皮膚を裂いただけだった。踏み込んで二の太刀を揮《ふる》えば致命傷を与えられたが、秋山は自ら刀を引いたのだ。一瞬、斬殺を躊躇したのは、秋山の脳裏で己の若いときの姿と朝倉が重なったからかもしれない。

だが、朝倉は左目に入る血を手の甲で拭《ぬぐ》うと、獣のような唸《うな》り声をあげて、なおも向かってこようとした。

「わからぬか、真剣での間積りは竹刀での打ち合いとちがう。おぬしの胴、竹刀ではとどいていようが、真剣ではとどかぬ。……いまのおぬしに、おれは斬れぬ」

秋山が、語気を強くして言った。

「……………！」

ふいに、朝倉の足がとまった。

真剣で胴を斬るためには、刃すじをたてて手前に引くように払うため肘《ひじ》がまがる。竹刀なら肘を伸ばしたままでも打てるが、真剣では斬れない。そのため、竹刀のように切っ先が伸びないのだ。秋山はこのわずかな切っ先の伸びのちがいを、はじめから見切っていたことになる。真剣での経験の差だった。

「おれに勝ちたかったら、人を斬ってからこい」

そう言うと、秋山は納刀し踵《きびす》を返した。

宿場の灯《ひ》の方へゆっくりと歩いていく秋山の背を、朝倉は呆然《ぼうぜん》と見送っていた。

額から流れ出た血が、赤い布のように半顔を染めていた。

六

森蔵一家の尾行は執拗《しつよう》だった。本庄宿にある浅次郎の賭場と桔梗を行き来している秋山を、森蔵の手下がしつっこく尾けまわしていた。人目のない広場で、三方から竹槍で襲う、という八寸の作戦を実行するためである。

尾けまわすだけで、いっこうに仕かけてこない相手に、吉次が業を煮やし、

「先生、どうです、二本松にでも呼び出して一気にかたをつけやすか」

といらだった声で言った。

二本松というのは、本庄宿から半里ほどのところにある荒れ地で、老松が二本あるところからその名で呼ばれている。

吉次が、むこうに負けないくらいの人数は集められますぜ、と言ったが、秋山は

首を横にふった。秋山は大勢での出入りは気がすすまなかった。当然、双方が事前に武器を揃《そろ》えてやりあうことになるが、長脇差や竹槍だけでなく鉄砲まで持ち出す。滅多なことでは当たらないが、万一ということもある。

それに、朝倉のことも気になっていた。その後も朝倉は本庄宿にとどまり、額に白布を巻いた姿で秋山を尾けているのだ。襲う気はないらしかったが、何か魂胆があることだけは確かだった。

その日、風があった。冬の到来を思わせるような冷たい風だった。ときおり、横なぐりの突風が吹き、袴の裾にからまるように風花《かざはな》が舞った。

宿場のはずれにある桔梗を出た秋山は、手ぬぐいを首に巻き背をまるめて街道を歩いていた。浅次郎の賭場へいくつもりだったが、少し遅れたようだ。すでに辺りは薄墨を刷《は》いたような闇につつまれ、街道に人影はなく道沿いの民家も雨戸をしめていた。

（……だれかいる！）

秋山は前方の薄闇に立っている男に気付いて歩をとめた。

八寸だった。袴の股だちをとり、両袖を襷で絞っている。総髪をおさえた額の柿色の鉢巻が、風に流れていた。長身痩軀の八寸が、風花の舞うなかに飄然《ひょうぜん》とつっ立っている姿は、雪の舞う野原に立つ一羽の鶴に似ていた。

(ひとりか……)

すばやく、秋山は周囲に目を配ったが、八寸のそばに人のいる気配はなかった。

「秋山要助か！」

八寸が甲高い声をあげた。

「いかにも」

「甲源一刀流、八寸円蔵。まいる！」

凄まじい殺気だった。目尻が裂けるほど瞠《みひら》いた双眸《そうぼう》は射竦《いすく》めるような鋭いひかりをはなち、総身が激しい気勢にうち震えていた。

「おおッ！」

抜刀しながら、秋山は右手に走った。向かい風だった。突風でたった砂塵が目に入れば、思わぬ不覚をとる。

八寸も抜刀し、すばやく左手にまわった。

ふたりは横風を受けて対峙した。秋山の袖や袴の裾が、強風にたたかれバタバタと音をたてた。

間合は四間ほど、遠間《とおま》である。八寸は青眼に構えた。ぴたりと身体の震えがとまり、剣尖を秋山の左眼につけると、スッと八寸の体が遠ざかったように見えた。さすがに一流の神髄を会得した達者である。剣尖だけで敵を威圧し、間《ま》の読みまでも狂わせている。

だが、秋山は臆《おく》さなかった。高い八相に構えると、爪先を摺《す》るようにして間合をつめようとした。そのとき、突如《とつじょ》、八寸が喉を震わせて叫んだ。

「いまだ！　出ろ！」

その声で、秋山の背後の民家の陰から三人の男が飛び出してきた。手に竹槍を持ち、出入装束《けんか》に身をかためている。寅五郎と他の森蔵一家の者だった。三人とも血走った目をし、三方に散ると、竹槍を構え、秋山をかこむようにつき進んできた。

八寸の狙いは、これか！　と秋山は思った。

八相は胴が空くが、胴を払う太刀より八相から斬り落とす太刀の方が迅《はや》い。そのため、対刀《たいがたな》なら間合に入った瞬間、八相から斬り落とすことができるが、槍はちがう。刀の間合の外から、腹を突くことができるのだ。

しかも、前方に青眼の八寸、左右、後方の三方に竹槍を配置している。まさに、秋山の弱点をとらえた必殺陣だった。

「突け、突けい！」

八寸が甲声《かんごえ》を発した。

風花の舞う強風のなかを、竹槍を構えた男たちが獣のように目を剝き、顎《あご》を突き出すようにして迫ってくる。

このままでは殺《や》られる、と察知した秋山は、八相から下段に構え直すと、突如、右手の竹槍を構えた男の方に走った。

カッ、と竹槍を撥ね上げる音がし、喉を裂くような叫び声とともに、竹槍を握った男の右手が虚空に飛んだ。竹槍を撥ねあげざま、すばやく男の間合に飛び込んだ秋山は、返す刀で男の右腕を斬ったのだ。

だが、秋山が踏み込むのとほとんど同時に、背後から竹槍の刺撃がきた。

グッ、という呻《うめ》き声が秋山の口からもれた。槍先が秋山の脇腹を抉った。瞬間、焼鏝《やきごて》を当てられたような衝撃がはしったが、痛みは感じなかった。

秋山はとまらなかった。とまれば竹槍の餌食《えじき》になる。右手から血を噴出させて、地面をのたうちまわる男を飛び越え、右手に走った。

「くずすな！　囲いをくずすな！」

八寸は秋山の前方にまわりこみながら、絶叫した。

七

ハア、ハア、と喘《あえ》ぐような荒い息が、強風に吹き飛んだ。秋山は追いつめられていた。対峙した八寸は、秋山の構えがくずれるとすかさず斬撃の気配を見せた。その攻撃を受けようと動きをとめると、左右から竹槍の攻撃がくる。秋山は走りながら闘うしかなかった。

だが、息があがってきていた。幸い、腹の傷は臓腑《ぞうふ》まではとどいていないようだったが、脇腹はべっとりと血に染まっている。まさに、罠《わな》にかかって傷つき、猟師に追われる手負いの獣だった。

秋山の足が枯れ草に絡《から》まり、もつれるように動きがとまった。すかさず、低く竹槍を構えたふたりが、獲物を追いつめた猟犬のように左右から迫ってきた。

（これまでか！）

秋山が相打ち覚悟で、前方の八寸に斬りこもうと間合をつめた、そのときだった。

「秋山どの、助勢いたす！」

叫びざま、民家の陰から飛び出したのは朝倉だった。朝倉は猛然と左手にいた寅五郎のそばに走り寄ると、抜き打ちざまに背後から裟袈に斬りつけた。たたきつけるような斬撃が、寅五郎の首根をとらえた。ドスッ、と骨肉を断つ鈍い音がし、首が前に落ちた。その首根から血が噴き上がり、強風に散って、黒い花吹雪のように飛んだ。

ヒェッ！　と喉を裂くような悲鳴を発して、残った森蔵の手下が竹槍を振りまわしながら後じさった。叢《くさむら》を分け必死で逃げようとする手下を、獣のように唸り声をあげながら朝倉が追う。返り血を浴びて赤黒く染まった朝倉の顔は、まさに亡者を追う鬼のような形相だった。

「八寸円蔵、まいるぞ！」

秋山はひとり残った八寸に対峙すると、八相に構えた。

秋山の顔はこわばっていた。乱れた鬢のほつれ毛が強風で顔にかかり、つき上げた刀身が揺れた。脇腹には疼痛《とうつう》があり、暗《くら》さを増した夕闇のなかで、白い風花が渦のように巻いていた。視界が揺れ、目が眩んだ。

青眼に構えた八寸は全身に闘気をみなぎらせていたが、その姿は風に髪が乱れ、鶉《うずら》の卵のように白眼を剝いてつっ立っているだけに見えた。唇や尖った顎が顫《ふる》え、狂気をおびた面貌に風花が降りかかっている。

キエッ！

ふいに、猿《ましら》のように歯を剝いて八寸が斬りこんできた。

イヤアアッ！

八寸が一足一刀の間境を越えた瞬間、秋山は拝むように両手を絞り、渾身《こんしん》の一刀を斬り落とした。

八寸の切っ先は、秋山の胸元をかすめて流れた。

ガッ、と頭蓋を割る音がし、首根まで斬り下げられた八寸の頭部は西瓜《すいか》のようにふたつに断ち割られた。ビシャ、と血と脳漿が散った。呻き声も悲鳴もなかった。即死である。

その場に倒れた八寸の首根からの血の噴出音が風音と絡みあい、夜陰にとざされた地表を啾啾《しゅうしゅう》とひびき渡った。

秋山は脇腹をおさえながら、前につんのめるような足取りで宿場に向かって歩いた。はやく止血せねば、助からない。多くの斬殺の経験から、人がどれほどの血を流すと死ぬか知っていた。一町ほど歩いたところで、秋山は背後から走り寄る足音を聞いた。

朝倉だった。さらにもうひとり斬ってきたとみえ、額の白布から首のあたりまで返り血で赤黒く染まっている。唇が白く乾き、両眼をひき攣ったように瞠《みひら》いていた。

「拙者、人を斬り申した」

朝倉は低い声でそう言い、秋山の前に立つと腰をわずかに沈めて抜刀の体勢をとった。

「…………！」

このために、朝倉はおれを尾けていたか、と秋山は察知した。

「神武館門弟、朝倉恭之介、いざ、まいる！」

朝倉は抜刀すると、ゆっくりした動きで青眼に構えた。

半弧を描いてとまった切っ先が、薄闇のなかでうすくひかった。その切っ先のむこうから秋山を見すえた朝倉の双眸には、獲物を追いつめた獰猛《どうもう》な獣のような炎があった。殺戮《さつりく》に猛《たけ》りたった残忍な獣の顔だった。

秋山の脳裏を、おれが福田の助勢をしてはじめて人を斬ったときも、こんな顔をしていたのか、との思いがかすめた。

次の瞬間、殺戮に明け暮れて生きてきた己の姿が、眼前に迫ってくる朝倉の姿と重なって見えた。だが、それは己を踏み越えようとしている新たな敵だった。

斬らねば、斬られる、と思った。

「こい！　朝倉、真剣勝負だ！」

秋山は気力をふり絞って抜刀すると、切っ先で天空を突くように高い八相に構えた。

対する朝倉は青眼である。秋山の喉元につけられた剣尖に、そのまま突いてくるような鋭さがあった。どっしりとした構えのなかに巌《いわお》で押してくるような迫力がある。

朝倉は切っ先に気魄を込め、足裏を擦るようにして間合をせばめてきた。

秋山は動かなかった。高い八相に構えたまま、朝倉の斬撃の起こりを待っている。

……初太刀で決せねば勝てぬ。

と、秋山は察知していた。

長引けば、疲労と脇腹の出血が体力を奪い、朝倉の敏捷な動きについていけなくなるはずだった。

朝倉は気魄で攻めながら間合をせばめ、斬撃の間境に踏み込んできた。瞬間、ピクッと朝倉の切っ先が動き、全身から痺れるような剣気が放射された。

イヤアッ！

裂帛の気合と同時に朝倉の体が躍動し、切っ先が秋山の真っ向へ伸びる。

刹那、秋山は斬り込んでくる朝倉の正面に上段から斬り下ろした。秋山の斬撃は、朝倉の刀身をはじきざま真額《まびたい》をとらえた。

凄まじい捨て身の一刀だった。秋山は、敵が斬り込んできた刀身ごと斬り下ろしたのである。

一瞬、朝倉の顔に驚愕の表情が浮いた。秋山の一撃は意表を衝いたといっていい。朝倉の斬撃を受けも躱《かわ》しもせず、そのまま正面から斬り込んだのである。

次の瞬間、朝倉の驚愕の顔が割れ、血と脳漿が飛び散った。朝倉は腰からくだけるようにその場に倒れ伏した。悲鳴も呻き声も聞こえなかった。伏臥《ふくが》した朝倉の頭部から、血の流れ落ちる音がかすかに聞こえるだけである。

……これが、人斬りの剣だよ。

そうつぶやくと、秋山は脇腹を押さえたまま浅次郎の賭場の方へよろよろと歩きだした。

幽霊党

大黒屋

一

釣り宿「舟甚《ふなじん》」の座敷は、賑やかだった。鰈《かれい》釣りの後、四人の男たちが酒を酌み交わしていたのだ。肴は今日の獲物の鰈の煮付けである。生姜醬油《しょうがじょうゆ》で、あっさりした味に煮付けた鰈はなかなかの美味だった。

車座になって飲んでいるのは、早川波之助《はやかわなみのすけ》、吉野屋《よしのや》の主人の徳次郎《とくじろう》、舟甚の主人甚兵衛《じんべえ》、それに船頭の与作《よさく》である。

「今日は、型《かた》がよかったし、数も上がりましたな」

徳次郎が満足そうに言った。五十がらみ、陽に灼《や》けた浅黒い顔をしていた。愛嬌のあるちんまりした鼻と細い目をしている。吉野屋は米問屋だった。徳次郎は釣り好きで、舟甚を馴染みにしている。

「水にいい濁りがありやしたから、食いがたったようで」

与作が、糸のように目を細めて言った。

与作が猪牙舟《ちょきぶね》をあやつり、波之助、徳次郎、甚兵衛の三人が乗り合わせ、江戸湊《みなと》の品川沖ちかくに釣行したのである。

目黒川の下流の砂地に舟をとめて浅場で釣ったのだが、大漁だった。四人で鰈を三十尾の余、それに外道《げどう》として沙魚《はぜ》、石首魚《いしもち》なども釣れた。与作に言わせると、昨日の雨で目黒川が濁り、その水と混じった海水の濁りが釣りに最適だったというのだ。

「どうです、次は、鱚《きす》でもやってみたら」

甚兵衛が愛想笑いを浮かべて口をはさんだ。ひどく痩せていて、頭蓋骨に浅黒い皮が張り付いているような顔をしている。もともと、舟甚は船宿だったのだが、主人の甚兵衛の釣り好きが高じて、いまは釣り宿専門のようになってしまったのだ。

「鱚もいいが、わたしは鯛を釣ってみたいなァ」

そう言って、徳次郎が声をたてて笑った。

波之助はあまり話にはくわわらず、肴の鰈をつつきながら、チビチビと猪口《ちょく》をかたむけている。

波之助だけが武士だった。二十五歳になるが、冷や飯食いである。家禄千石の旗本、早川家の三男坊で、やはり釣り好きが高じて舟甚に入り浸っている。

鰈釣りの話が一段落したとき、

「ところで、早川さま、幽霊の話をお聞きになりましたか」

そう言って、徳次郎が波之助に顔をむけた。

「野島屋《のじまや》に出たという噂は、聞いているが……」

日本橋行徳《ぎようとく》河岸にある廻船問屋の野島屋に、幽霊が出たと話しているのを別の釣り客から耳にしたのだ。

一月《ひとつき》ほど前になるが、ざんばら髪で蒼ざめた顔、白い経帷子《きようかたびら》姿の男の幽霊が野島屋の土蔵のそばの暗がりに浮かび上がり、夜陰のなかを浮遊し、裏手の稲荷の祠《ほこら》の脇で消えたというのである。

むろん、波之助は幽霊など信じてはいなかった。

「盂蘭盆会《うらぼんえ》もすみ、季節は秋だというのに。幽霊話は流行《はや》らないと思うがな」

「それはそうですが」

「尾花《おばな》でも見まちがえたのであろう」

「それが、本所の西崎屋《にしざきや》さんにも出たらしいんですよ。それも、一度ではなく何晩もつづけて」

徳次郎はすこし前屈みになって、声をひそめた。甚兵衛と与作も、引き込まれるように耳をたてている。

「西崎屋というと、米問屋か」

界隈では知られた米問屋の大店《おおだな》である。

「はい、やはり、経帷子姿の幽霊だそうです。しかも、西崎屋さんでは三百両もの金がなくなったそうで」

「まさか、幽霊が盗んだというのではあるまいな」

「それが、妙な話でしてね。帳場に置いてあった丁銀箱《ちょうぎんばこ》ごとなくなったそうですよ。それに、野島屋さんでも、四百両ほど」

「幽霊騒ぎのどさくさに、だれかが盗んでいったのではないのか」

金がなくなったのが事実なら、盗人《ぬすっと》が幽霊に化けて忍び込んだのかもしれない。

「ですが、野島屋さんも西崎屋さんも戸締まりは厳重だったそうでしてね。通りから店内はむろんのこと、敷地内にも入れないそうですよ。それに、丁銀箱には小粒銀やビタ銭も入っていましてね、かなり重いそうです。それを持って、ひとりで逃げるのはとても無理だそうで」

「うむ……」

盗人でないなら、家の者か奉公人がくすねたのであろう、と波之助は思った。

「両店とも奉公人がこわがっていましてね。陽が沈むと戸をしめて、家のなかで震えてるそうですよ」

徳次郎は口元にうす笑いを浮かべた。吉野屋も米問屋だが、他店の災いなので笑っている余裕があるのだろう。

それから、四人は釣りの話にもどったが、あまり盛り上がらなかった。幽霊の話などしたため、興醒めになったらしい。

「暗くならないうちに、わたしは帰りましょうかね」

そう言って、徳次郎は腰を上げた。

まだ、暮れ六ツ（午後六時）前だったが、波之助も猪口を膳に置いて立ち上がった。

「すこし、横になるか」

朝から初秋の強い陽射しに照らされたこともあって、体がだるかった。波之助はいつも使っている二階の座敷で、すこし休もうと思った。

疲労と酔いのせいであろう。波之助は、横になったまま熟睡してしまった。目が覚めたのは、払暁である。

階下の台所から、話し声と水を使う音が聞こえた。話しているのは、舟甚の女将《おかみ》のお駒《こま》と若い船頭の為次《ためじ》らしい。

釣り宿の朝は早い。狙う魚種によっては明け方から釣り始めるため、暗いうちから舟を出すのである。

波之助は目を覚ましたが、起きる気にならなかった。さすがに、今日は釣りに行く気はなかったし、いま階下へ下りて行けば、いそがしいお駒に余分の気を使わせるのが分かっていたからである。

いっときすると、障子がほんのりと明らみ、部屋のなかに置かれた夜具、衣桁《いこう》、行灯《あんどん》などが輪郭をあらわしてきた。

階下で、為次がお駒に声をかけ、釣り客が出ていく気配がした。

しばらくすると、また水を使う音が聞こえだした。お駒が為次や釣り客に出した茶碗や湯飲みを洗っているようである。

波之助は身を起こし、袴の皺《しわ》をたたいて伸ばしてから階下へ下りていった。

「あら、めずらしく早いわね」

お駒が小桶のなかで動かしていた手をとめ、振り返った。四十後半、色白ででっぷり太っている。

「酒を飲んだ後、そのまま眠ってしまったのでな」

波之助は上がり框《がまち》のところで、大きく伸びをした。

「朝餉《あさげ》、食べる？　客に出したにぎり飯と、汁ならあるけど」

お駒は前垂れで、濡れた手を拭きながら言った。

「その前に、顔を洗わせてもらおうか」

波之助は小桶に水を汲んでもらい、流しの隅で顔を洗った。

帳場のそばの板敷きの間に座して、お駒の用意してくれた味噌汁とにぎり飯を食べていると、戸口であわただしい下駄の音がした。

姿を見せたのは、大黒屋《だいこくや》のおふみだった。

二

「よかった。波之助さまが、いて」

おふみが、息をはずませて言った。

おふみは十七歳、色白の豊かな頬で、近所では評判の美人である。ただ、深川で育ったせいもあるのか、おてんばでときどき男のような口を利くことがあった。

大黒屋は深川材木町にある材木問屋で、おふみは長女だった。もっとも上に兄ふたりがいるだけなので、末っ子である。

大黒屋の主人の稲右衛門《とうえもん》が釣り好きで舟甚を贔屓《ひいき》にしていることから、おふみもときどき舟甚に顔を出し、波之助とも親しくなったのである。

「どうしたのだ？」

慌てている様子から見て、何かあったようである。

「で、出たのよ！」

おふみが、目を剝いて言った。

「出たって、何が？」

「幽霊」

「幽霊だと」

波之助は驚いて聞き返した。

「昨夜、吉松《よしまつ》が裏の倉庫のそばで幽霊を見たというのよ」

吉松は大黒屋に住み込んでいる若い川並《かわなみ》だった。

「それで、何かなくなった物でもあるのかい」

波之助は、徳次郎の話を思い出した。幽霊の出た野島屋と西崎屋では、大金が紛失したという。

「ないけど……」

「それはよかった」

「あたし、波之助さまにお願いがあってきたの」

おふみが声をあらためて言った。

「願いとは?」

「波之助さまは捕物名人でしょう。しばらく、あたしの家で幽霊の番をして欲しいの」

「な、なに、幽霊の番だと」

思わず、波之助の声が大きくなった。

たしかに、波之助は北町奉行所同心の小野《おの》増次郎《ますじろう》に手を貸して、いくつかの難事件を解決してきた。だからといって、幽霊の番というのはどういうことであろう。

「噂では、一度幽霊が出た家には何度か出るって。あたしの家にも、また出るかもしれない」

「うむ……」

徳次郎によると、西崎屋には幽霊が何晩もつづけて出たそうである。それに、野島屋では四百両、西崎屋では三百両もの大金がなくなっているという。

「だから、波之助さまにいて欲しいんです」

「幽霊の番な」

おふみの心配が分からないではないが、どうも乗り気になれない。

「どうせ、退屈してるんでしょう」

「まァ、そうだが……」

退屈しのぎに行ってみるか、と波之助は思った。おふみの言うとおり、さしあたってやることもなく、どうしたものかと思っていたのだ。

波之助は二刀を帯び、おふみについて材木町にむかった。

大黒屋は掘割沿いの通りにあった。土蔵造りの店舗で、店の前に桟橋があり猪牙舟が三艘舫《もや》ってある。店はいつもより、ひっそりしていた。ふだんは付近の木挽き場や材木をしまう倉庫のあたりから威勢のいい川並や木挽き師などの声が聞こえるのだが、今日は人声もすくなかった。幽霊騒ぎのせいであろうか。

「これは、早川さま、よくおいでいただきました」

主人の稲右衛門が土間まで出てきて、波之助を出迎えた。

恰幅《かっぷく》のいい、五十半ばの男である。ふっくらした頰の福相の主で、切れ長の目がおふみとよく似ていた。

稲右衛門は波之助を帳場の奥の座敷へ案内し、女中が運んできた茶で喉をうるおすと、

「幽霊が出たからと言って、親分さんをお呼びするわけにもいかず、かと言って放っておくわけにもいかず、それで、早川さまを」

稲右衛門は、困惑したような顔をして言った。

「気にするな。おれも、幽霊の顔を拝んでみたいと思っていたところなのだ」

「昨夜、吉松が騒ぎましてね。腕っ節の強い男が三人ばかり、夜が明けるのを待って、幽霊が出たという倉庫のまわりを見たのですが、まったく、それらしい痕跡《あと》はなかったのでございます」

「ともかく、吉松を呼んでくれぬか。様子を聞いてみよう」

「承知しました。すぐ、呼んでまいりましょう」

腰を上げた稲右衛門に、

「幽霊が出たという場所で話を聞いた方が早いだろう。倉庫の方へ吉松を呼んでくれ」

そう言って、波之助も立ち上がった。

波之助は大黒屋へ何度か来ていたので、倉庫のある場所は知っていた。店舗の裏手で、三月《みつき》ほど前に建てた新しいものである。主に製材した板や柱などをしまっておく倉庫で、前方はあいたままで引き戸も扉もついていなかった。

倉庫の前に立つと、木の香りがした。製材した新しい材木の香りであろう。

すぐに、稲右衛門が若い川並を連れてきた。吉松らしい。

吉松は大黒屋の印半纏《しるしばんてん》を着て、川並の穿《は》く細い股引《ももひき》に草履《ぞうり》履きだった。二十歳前後、面長で目の細い顔をしていた。

吉松と稲右衛門の後ろから、おふみが跟《つ》いてきた。興味深そうに目をひからせている。

「吉松か」

「へい」

「昨夜、幽霊を見たそうだな。まず、そのときの様子を話してくれ」

「あ、あそこの八手《やつで》のあたりから……」

吉松が店舗の裏口ちかくを指差した。その先に、大きな葉を茂らせた八手があった。吉松は体を顫《ふる》わせ、怯えたような顔で話しだした。

「なんとも恐ろしい幽霊が、月明かりに浮かび上がりやした」

ざんばら髪に蒼ざめた顔、両手を胸の前で垂らした経帷子姿の幽霊が、八手の陰から姿をあらわし、スーと倉庫の方へむかっていった。そして、倉庫のちかくまでくると、ふいに掻き消えたという。

「それで、幽霊の足は」

「な、なかった……」

吉松が声を震わせて言った。

「この倉庫の前で消えたのだな」

「へい」

「身を隠すようなところはないが……」

波之助はなかを覗いて見た。太い丸柱が左右の板壁に立て掛けてあり、土間には二寸ほどの高さに厚板が床状に並べられ、その上に板や角材などが積んであった。どこにも、身を隠すような場所はなかった。

波之助は念のために、倉庫の周囲をまわって見たが、右手と裏手は高い板塀になっていて、梯子《はしご》でも使わなければ外へ出ることもできない。

「通りから、この倉庫に来るには？」

波之助が稲右衛門に訊いた。

「店の脇の板塀に引き戸がございます。そこを開ければ、大八車で木材を運ぶこともできます」

「そうか」

見ると、店舗と板塀との間に轍《わだち》がついていた。通りに面した引き戸までつづいている。そこが材木を運ぶ道になっているようだ。八手のある店舗の裏手から倉庫に来るのとは反対方向なので、幽霊がそこから通りへ出たとは思えなかった。

「まさに、幽霊はこの倉庫のちかくで消えたわけだな」

波之助が虚空に目をとめたまま言った。

「へ、へい……」

ブルッ、と吉松が身震いした。

三

その夜、波之助は大黒屋に泊まることにした。台所にちかい座敷で、格子窓から幽霊が出たという八手のあたりを見ることができた。

波之助は稲右衛門が用意してくれた酒肴の膳を前にし、酒を飲みながら夜が更けるのを待っていた。

「あ、あたしも、一度、幽霊が見たいのよ」

おふみが震えを帯びた声で言った。

おふみは稲右衛門に自分の部屋で休むよう言われたのだが、どうしても、波之助といっしょにいると言い張ってきかなかったのである。

その座敷には、波之助とおふみの他に、吉松、それに大柄な手代の栄五郎《えいごろう》がいた。栄五郎は奉公人のなかでは、腕っ節が強いことで知られていた。

「おふみ、幽霊に取り憑かれてもしらんからな」

波之助が声を低くして脅すように言うと、

「い、いや、怖いこと言わないで……」

と、おふみが激しく身を顫わせて言った。

その様子を見て男たちが笑ったが、顔はうつろだった。男たちにも恐怖心があるのだ。

酒も進まなかった。やはり、幽霊が気になって酒を飲む気分にはなれなかったのである。

夜が更けてくるにしたがって座敷の部屋の闇も増し、恐ろしさがつのってくるようだった。男たちは妙に饒舌だった。静寂が怖さを増長させるからであろう。

家のなかは寝静まり、物音ひとつしなかった。格子窓から風が入ってくるらしく、座敷の隅の行灯の火が揺れ、男たちの顔の陰影を動かしている。

しだいに話がとぎれがちになった。

ふいに、座敷をつつんだ静寂を撥ね除《の》けるように、

「幽霊なんて。やはり、気のせいですよ」

栄五郎が声を上げた。

「そうだな」

と、波之助が小声で答えたが、後につづく者がいない。

子《ね》ノ刻《こく》（午前零時）ごろだろうか。男たちは黙り、おふみは怯えたような顔で、波之助のそばに座っている。

そのとき、外で物音がした。地面を何か引き摺るような音である。

「な、何の音だ！」

ふいに、栄五郎が背筋を伸ばし、上ずった声で言った。一瞬、四人は凍り付いたように身を硬くし、目を剝いてお互いの顔を見つめあった。

そのとき、はっきりと地面を引き摺るような音が聞こえた。

「で、出た！」

吉松がひき攣《つ》ったような声を上げた。

おふみが、キャッ、と悲鳴を上げ、波之助の肩に抱き付いた。

波之助はおふみに、ここにいろ、と言い置いて立ち上がり、格子窓のそばに行った。後ろから栄五郎が近寄ってきた。

「幽霊だ！」

波之助が言った。

夜陰のなかに、白い物体が浮かび上がっている。

白い経帷子、ざんばら髪に蒼ざめた顔、胸の前で両手を垂れ、暗闇のなかを浮遊するように倉庫から店舗の方にむかってくる。

「だ、旦那ァ、こ、こっちへ来やす……」

栄五郎が悲鳴のような声を上げた。血の気のない顔をし、大柄な体が揺れるように顫えている。

「正体をあばいてやる」

波之助は座敷から台所の方へむかった。

その波之助の後を、栄五郎、おふみ、吉松の順に、蒼ざめた顔で数珠繋ぎになっていく。外へ出るのも怖かったが、座敷に残るのも怖かったのである。台所にも、行灯の明かりがあった。念のために、火をつけておいたのである。

波之助は土間へ下り、裏手へ出る引き戸をあけた。

ギクッ、としたように幽霊が立ち止まり、顔をこっちにむけた。

凄絶な顔だった。蒼ざめた面長の顔。頬骨が突き出し、赤い口が耳のちかくまで裂けている。

幽霊が波之助を見つめたのは一瞬だった。すぐに、倉庫の方へもどり始めた。

「何者！」

声を上げ、波之助は幽霊の方に近付いた。

栄五郎たち三人は引き戸の手前で、動けなくなってしまった。幽霊を目《ま》の当たりにして、足が竦《すく》んでしまったらしい。

幽霊が倉庫のなかの濃い闇のなかに入ったように見えた瞬間だった。

フッ、と幽霊の姿が搔き消えた。そして、木と木の触れ合うような音がしたが、それだけで後は物音ひとつ聞こえなくなった。

波之助は腰の刀に手を添えたまま、そろそろと倉庫の前に近付いた。

幽霊の姿はなかった。倉庫のなかは深い闇に埋まっている。静寂につつまれ、人のいる気配もなかった。かすかに、新しい材木の白い輪郭と木の香りがただよっているだけである。

……消えた！

波之助は夜陰のなかに呆然と立ちつくしていた。

波之助たちはいったん座敷にもどり、払暁を待った。寝静まった家人を起こしてまで騒ぎ立てたくなかったのである。それに、奉公人たちが家捜ししても幽霊の正体は知れないだろう、という読みが波之助にはあった。

「出た、出た！　幽霊が出た！」

夜が白んでくると、耐えかねたように吉松と栄五郎が騒ぎたてた。

おふみは紙のように蒼ざめた顔で、波之助のそばに身を寄せて離れなかった。平然としている波之助のそばにいると、すこしは怖さが紛れるのかもしれない。

すぐに、稲右衛門や番頭の指示で奉公人たちがふたり一組になり、倉庫のまわりを中心に敷地内をくまなく探したが、幽霊はむろんのことその痕跡も残っていなかった。

「稲右衛門さん、何か盗まれた物がありますか」

幽霊の探索が一段落したところで、波之助が訊いた。幽霊の姿が消えたときから、そのことが気になっていたのである。

「いえ、何も。家のなかに入った形跡もありません」

「そうか」

波之助はいくぶん安堵した。実害はなかったようである。

その後、波之助は稲右衛門に請われて、三晩つづけて大黒屋に泊まったが、それっきり幽霊は姿をあらわさなかった。

四

「早川さま、磯吉《いそきち》さんが来てますよ」

階下で、お駒の声がした。

磯吉は、岡っ引きの茂蔵《しげぞう》の手先である。おそらく、茂蔵の使いで来たのであろう。

波之助は二階の座敷に胡座《あぐら》をかいて、釣り具の手入れをしていたのだが、すぐに階段を下りていった。

磯吉は顔を赤くして、焦れたように土間で足踏みしていたが、

「旦那、すぐ来てくだせえ」

と、波之助の顔を見るなり声を上げた。

「磯吉、何があったのだ」

「出やしたんで、幽霊が！」

磯吉が、目を剝いて言った。

また、幽霊か、と、波之助は思った。それにしても、いままで何度も出ているし、大騒ぎをするほどのことではないような気がした。胸の内では、幽霊ではなく盗人であろうとみていたのである。

「それで、今度はどこに出た？」

「本所の西崎屋で」

「西崎屋か」

西崎屋は前にも幽霊が出たという店である。

「それが、今度は奉公人が殺されたんで」

「なに、殺された」

「へい」

「幽霊にか？」

「そうらしいんで」

磯吉がまくしたてたところによると、いま、西崎屋には八丁堀同心の小野をはじめ茂蔵たち岡っ引きが、何人も集まっているというのだ。

「小野の旦那に早川の旦那をお呼びしろ、と言われやして、飛んで来たんでさァ」

「そういうことか」

波之助は、すぐに事情を察知し土間へ下りた。

西崎屋は竪川《たてかわ》沿いの通りにあった。相生町《あいおい》五丁目で、竪川にかかる二ツ目橋のちかくである。

店の前に人だかりがあった。店者《たなもの》や職人ふうの男にまじって女子供の姿もある。ちかくの住人であろう。

西崎屋の表戸は半分ほどあいていた。見ると、土間やその先の帳場で人影が動いていた。店の者と町方らしい。小野の姿はなかった。

波之助が入って行くと、土間にいた茂蔵が、

「旦那、こちらへ」

と、店の脇にある板塀のくぐり戸の方へ連れていった。波之助が来るのを待っていたようである。

くぐり戸から店舗の裏手にまわると、土蔵の脇に数人の男が立っていた。黒羽織に黄八丈《きはちじょう》の単衣《ひとえ》を着流した小野の姿があった。そばにいるのは、店の主人と番頭らしき男、それに岡っ引きたちである。

集まった男たちの足元に男が横たわっていた。殺された奉公人のようである。

小野は、波之助の姿を見ると、こっちへ来い、と言うふうに手招きした。あいかわらず、仏頂面《ぶっちょうづら》である。

「見ろ、昨夜、幽霊に殺《や》られたようだ」

小野が、のっぺりした顔を不機嫌そうにゆがめて言った。

男は仰臥していた。二十代半ば、寝間着姿で両足が太腿のあたりから露出していた。

凄まじい形相である。顔が鬱血して暗紫色にふくれていた。口を大きくあけ、歯を剝き出している。驚いたように目を剝いたまま虚空を見つめていた。苦悶の表情のまま凍りついたような死に顔だった。

見たところ、体に血の痕や刃物の傷はないようである。

「この男は？」

波之助が小野に訊いた。

「名は蓑吉《みのきち》、西崎屋の手代だ」

小野によると、蓑吉は昨夜遅く何か物音を聞きつけ、様子を見にひとりで外へ出て殺されたらしいという。

深夜だったので、店の者は熟睡していたようだ。突然、蓑吉の悲鳴が聞こえ、奉公人が起き出して障子をあけて見てみると、夜陰のなかにぼんやりと幽霊の姿が見えたそうである。

蓑吉の身に何かあったらしいと気付いたが、その夜は恐ろしさのあまり、起き出して外に出ることができず、辺りが白んでから蓑吉が殺されているのに気付いたという。

「体に傷はないようだが」

「首を見てみろ。絞められた痕がある」

小野が死体の脇に屈んで、首筋を指差した。

なるほど、絞殺を示すような絞痕《こうこん》があった。その凄まじい形相も首を紐状の物で絞められたからであろう。

「絞めたのは幽霊か」

「そういうことになるな」

小野は憮然とした表情で言った。

「それで、何かなくなった物はあるのか」

波之助はかたわらに立っている主人らしい男に顔をむけた。

主人の名は、百衛門《ももえもん》という。五十がらみの長身で鶴のように痩せた男だった。

「千両箱と小銭箱が、そっくり」

百衛門が顔をしかめて言った。

もっとも千両箱には、二百両の余しか入れてなかったので、二百二、三十両だろうという。ただ、西崎屋では以前も三百両ほど盗まれていたので、つごう五百両の余ということになる。

千両箱と小銭箱は、帳場の奥の錠前の付いた抽出《ひきだし》にしまわれていたが、鑿《のみ》のような物で削って錠前がはずされていたそうである。

幽霊党

一

「幽霊党の仕業だな」

　小野が低い声で言った。

「幽霊党だと」

　波之助は聞き返した。

「そうだ。三年ほど前、大店が三店やられた。幽霊の方ばかり尾鰭《おひれ》がついて、だいぶ騒いだが、盗みはたいした噂にはならなかった。奪われたのが少額だったことと、店の方で盗まれたのかどうかはっきりしなかったからだ」

　小野によると、今度の一連の事件と同様、幽霊があらわれ、その夜に帳場や内蔵《うちぐら》の金がなくなっていたというのだ。

「町方は幽霊を装った盗人にちげえねえと睨み、ひとりでは盗んだ物が運べないことから、徒党を組んだ一味とみて幽霊党と名付けて追ったのだ。ところが、まるで尻尾がつかめず、三店に入った後、姿を見せなくなったこともあって、そのままになってしまったのだ」

「その幽霊党が、また姿をあらわしたわけか」

「そういうことになるな」

小野は、チラッと蓑吉の死体に目をやり、

「ただ、三年前《めえ》は人殺しはやらなかったぜ」

そう言って、目をひからせた。やり手の八丁堀同心らしい凄味のある顔である。

波之助は、そばにいた百衛門に、

「店のなかから千両箱と小銭箱を持ち去った者がいるはずだが、戸締まりを忘れたのか」

と、訊いた。すくなくとも、昨夜、店内に侵入した者がいるはずなのだ。

「いえ、戸締まりは番頭さんが、休む前に確認しました」

そう言って、百衛門が番頭の方に目をやると、

「まちがいございません。昨夜、四ツ（午後十時）過ぎ、ひとまわりしましたが、戸締まりはすんでおりました。……ただ、今朝、裏の引き戸の心張り棒がはずれて

ましたので、出入りしたのはそこからかもしれません」

番頭によると、昨夜戸締まりを確認したときは、その心張り棒もはずれていなかったそうだ。つまり、どこからも店のなかに入ることはできなかったというのである。

「うむ……。ところで、以前、幽霊があらわれたとき、姿を見た者がいるはずだが」

波之助が百衛門に訊くと、

「手代の参造《さんぞう》です。呼んでまいりましょう」

百衛門は番頭に、参造を連れてくるよう指示した。

すぐに、番頭が若い男を連れてもどってきた。二十代半ばの色の浅黒い小柄な男だった。

「参造でございます」

参造は女のような細い声で言った。顔が蒼ざめ、体が小刻みに顫えていた。同じ手代の凄惨な死体を見たためであろう。

「以前、幽霊を見たそうだな」

「はい」

「そのときの様子を話してくれ」

「ね、子ノ刻（午前零時）過ぎでございます。外で物音がしましたので、窓から見ますと、店の方から、スー、と土蔵の前あたりへ」

参造が声を震わせて言った。肌に鳥肌が立っている。そのときのことを思い出したにちがいない。

「それで、どうした」

「ふいに、消えてしまいました。それっきりでございます」

「土蔵の前あたりだな」

付近に身を隠すような場所はなさそうだった。土蔵の扉もしまっている。

「はい」

「行ってみよう」

波之助は参造をともなって、土蔵の前まで行ってみた。

土蔵は堅牢な観音開きの扉になっていた。鍵もかかっている。参造に訊くと、幽霊が出た夜も鍵はかかっていたそうである。となると、土蔵のなかに隠れるのは無理である。

土蔵の右手にまわって見ると、隣家との境にある板塀との間にちいさな稲荷の祠があった。まだ造られて間がないとみえ、新しかった。

土台の角石の上に厚板が並べられ、人の腰丈ほどの高さの祠が安置されてある。ちいさな祠なので、陰にまわっても身を隠すことはできないだろう。隣家との境の板塀は六尺ほどもあり、乗り越えるのはむずかしそうだった。

「店の裏手にまわるには、どうすればいい」

波之助が訊いた。

「店の脇のくぐり戸か、店のなかを通って台所の裏口から外へ出るしかありません」

「うむ……」

となると、幽霊が消えた謎もさることながら、千両箱と小銭箱を奪った賊が何処から敷地内に入り、どうやって出たのかという謎も残る。

大黒屋とよく似ていた。幽霊も賊も、敷地内へ入ることも出ることもできないはずなのだ。しかも、今回は千両箱と小銭箱も持っているのである。

……まさに、幽霊のようではないか。

波之助は身震いした。幽霊の恐ろしさよりも、賊の神出鬼没さに驚怖したのである。

二

波之助は、幽霊党の仕業だと思った。複数の賊のうち、ひとりが幽霊に化け、他の賊が店内に侵入して金を奪ったのであろう。

幽霊はどうやって消えたのか。また、賊はどこから侵入し、どうやって敷地内から逃げたのか。何か、からくりがあるはずだが、波之助には分からなかった。

西崎屋が襲われた翌日、波之助はめずらしく八丁堀まで出かけ、小野に会って、茂蔵の手を借りたい、と頼んだ。

「やけに乗り気だな。まァ、そうくると思って、西崎屋に呼んだのだがな。捕物好きのおまえだ。幽霊が人殺しをしたとなりゃァ、放っちゃァおけねえだろうからな」

小野は、うす笑いを浮かべて言った。どうやら、波之助が事件に首をつっ込んでくると見込んで、磯吉を呼びによこしたらしい。

「おれは、早く幽霊党をつかまえたいだけだ。この世に怨念を残す死者の幽霊ならまだしも、金を盗んだ揚げ句に人殺しまでやるような幽霊を放ってはおけまい」

波之助はそう言ったが、本音は大黒屋のことが気になっていたのである。早く捕らえないと、今後も大黒屋にもあらわれ、金品を奪い、人を殺しかねない。そうかといって、幽霊があらわれるまで寝ずの番をつづけるわけにもいかないのだ。

「いいだろう、茂蔵を使ってくれ」

小野は、すぐに承知したが、

「幽霊党の正体をつかんだら、まず、おれに知らせるんだぜ」

と、念を押すように言った。

その日の午後、茂蔵が舟甚に姿を見せた。

「で、旦那、あっしはどうすればいいんで」

小野から命じられたのだろう、茂蔵は端《はな》から波之助に手を貸すつもりで来ていた。

「まず、野島屋で様子を聞きたい。いっしょに行ってくれ」

波之助は幽霊が出たという野島屋も調べてみたかったが、ひとりで行ったのでは相手にされないだろうと思った。岡っ引きの茂蔵がいっしょなら、様子を話してくれるはずである。それに、茂蔵は岡っ引きとしても、腕利きだった。探索や聞き込みは、波之助の及ぶところではないのだ。

「お供いたしやす」

茂蔵はすぐに承知した。

波之助は与作に頼んで猪牙舟を出してもらった。日本橋の行徳河岸は、深川から大川を横切ればすぐである。

野島屋は廻船問屋の大店だった。土蔵造りの大きな店舗のほかに、土蔵と船で運んだ品物を保管する倉庫が三棟もあった。

茂蔵が応対に出た番頭に、岡っ引きであることを伝え、

「幽霊が出た夜のことを、話してもらいてえ」

と、話を切り出した。波之助は黙って後ろに立っていた。この場は茂蔵にまかせようと思ったのである。

番頭は波之助に不審そうな目をむけたが、茂蔵が小野の旦那の知り合いの早川波之助さまだと紹介すると、番頭はちいさく波之助に頭を下げた。

「その夜、四百両もの大金を盗まれたそうだな」

茂蔵が声をあらためて訊いた。

「その件でしたら、常吉《つねきち》親分に調べていただきましたが」

番頭は困ったような顔をした。茂蔵が、初めての顔だったからにちがいない。常吉は行徳河岸を縄張りにしている岡っ引きである。

「八丁堀の小野さまのお指図なんだ。常吉も文句は言わねえよ」

茂蔵がそう言うと、番頭はほっとしたような顔をして、その夜の様子を話しだした。

丑《うし》ノ刻《こく》（午前二時）ごろ、厠《かわや》に起きた次助《じすけ》という丁稚《でっち》が外で物音がするのに気付き、格子窓から目をやると、土蔵ちかくの夜陰にぼんやりと白い物が浮き上がっていたそうだ。

次助は、何だろう、と思い、目を凝らすと、経帷子姿の恐ろしい顔をした幽霊だったという。次助は恐ろしさのあまり腰を抜かし、叫ぶこともできなかった。それでも、廊下を這うようにして丁稚部屋までもどると、他の丁稚たちを起こした。

当初は夢でも見たのだろうと、相手にしなかった丁稚たちも、次助の怯え方が異常だったので、三人いっしょになって外へ出て幽霊が出たという辺りに目をやった。ところが、そのときは何も見えず、やっぱり夢だろうということになった。

「その夜、帳場にあった丁銀箱と、翌日の支払いのため小箪笥《こだんす》のなかにしまっておいた切り餅が八つ、盗まれてまして」

番頭が顔をしかめて言った。

切り餅はひとつ二十五両である。八つで二百両、他の二百両は丁銀箱のなかに入っていたのだろう。

「で、盗人はどこから店のなかへ入ったんだい」

茂蔵が訊いた。

「わかりません。ただ、厠にちかい開き戸があいていましたので、出たのはそこからだと思います」

番頭によると、就寝前に確認したとき、その開き戸に閂《かんぬき》が嵌まっていたので、入ったのはそこではないはずだという。

状況は西崎屋と同じだった。賊が店内へどこからどうやって入ったのかは、不明だという。

「次助を呼んでもらえるかな」

波之助が脇から言った。その夜の様子をくわしく訊いてみようと思ったのである。

次助は、手足が棒のように細いひょろっとした少年だった。まだ、十三、四であろう。怯えたような目で、茂蔵と波之助を見た。

「幽霊を見たそうだな」

波之助が穏やかな声で訊いた。

「は、はい……」

「その場へ案内してくれ」

波之助は、その場を見ながら話を訊く方が分かりやすいと思った。

次助が戸惑うような顔で番頭に目をむけると、

「ご案内しなさい」

と、番頭が言った。

波之助、茂蔵、次助、番頭の四人は、いったん店から出て、店舗の脇から裏手にまわった。裏手には土蔵と船荷をしまう倉庫が三棟あり、店舗の脇が大八車で荷を運ぶための通路のようになっていた。裏手には自由に出入りできそうである。

番頭に訊くと、船荷は色々あり、大坂から廻船で運ぶ海産物、大豆、小豆、畳表、塩、紙、雑貨などだという。

「どこに、幽霊があらわれたのだ」

土蔵の前まで来て、波之助が訊いた。

「そ、その辺りです」

次助が土蔵と倉庫の間を指差した。次助によると、幽霊は店の方から土蔵の方に来て、指差した辺りで突然消えてしまったという。もっとも、夜陰のなかなので、はっきりした場所は分からないようだった。

土蔵は堅牢な引き戸がしまっていた。錠前もついている。番頭に訊くと、その夜も錠前はかかっていたという。

隣の倉庫はまだ新しい建物だった。三方を板塀で囲ってあるが、正面には戸もついていなかった。なかは地面に厚板が敷かれ、俵や叺《かます》などが積んであった。

……大黒屋と似ている。

と、波之助は思った。やはり、同じような倉庫のそばで幽霊は消えていた。念のため倉庫のなかを覗いて見たが、積み上げた俵や叺の陰に一時的に身を隠すことはできるが、店の者が倉庫のなかへ入って見れば、すぐに気付かれてしまうだろう。

「その夜、倉庫のなかも覗いたのか」

「わたしは外へ出なかったのですが、それらしい姿はなかったそうです。……いればば、暗闇でも白い帷子なら見えたはずですから」

次助は震えを帯びた声で言った。

「そうだな」

その倉庫につづいて、二棟の倉庫が並んでいたが、そちらは引き戸がついていて、自由に出入りできないようになっていた。

番頭によると、船荷のうち海産物、紙、畳表、雑貨などは、戸締まりのできる倉庫に保管し、俵や叺に入った大豆、塩などは、戸のない倉庫にしまっているという。

……それにしても、幽霊はどうやって消えたのだろう。

波之助は新しい倉庫が気になった。大黒屋と同じような造りなのだ。

念のため、倉庫の周囲をまわって見たが、とくに不審な点はなかった。足跡もないし、抜け穴のようなものもない。

……西崎屋には、倉庫はなかったが。

そう思ったとき、稲荷の祠が頭に浮かんだ。やはり、新しく造られた物で、幽霊はそのそばで姿を消していた。

「この倉庫は、いつごろ建てたのだ」

波之助が番頭に訊いた。

「半年ほど前でございます」

「大工は？」

「棟梁は小伝馬町の左門次《さもんじ》さんで」

波之助が茂蔵に顔をむけ、知っているか、と訊くと、

「知りやせんが、行けば分かるでしょう」

と、答えた。

ふたりは番頭に礼を言って、野島屋を出た。

三

波之助と茂蔵は、行徳河岸から両国橋を渡って本所へまわった。竪川沿いの西崎屋に立ち寄り、百衛門に稲荷を造ったのはだれか訊くと、小伝馬町の左門次とのことだった。倉庫と稲荷と異なる建造物だが、同じ棟梁の手で造られたようである。

「造ったのはいつだ」

すぐに、波之助が訊いた。

「八ヵ月ほど前でございます」

「こうした祠は、宮大工が造るのではないのか」

波之助が確認するために訊くと、

「はい、ですが、左門次さんのところには宮大工で修業した者もいると聞きましたし、左門次さんが造ると言ったもので」

百衛門は、前に店を修理してもらったよしみもあって頼んだのだと言った。

ふたりは、そのままで大黒屋にも足を運んだ。稲右衛門に訊くと、倉庫を造ったのは、やはり左門次とのことだった。時期は一年ほど前だという。

……左門次がかかわっている。

と、波之助は確信した。

三軒とも、幽霊が消えたちかくに左門次が造った建造物があったのだ。それも、ここ一年ほどの間に造られた建物ばかりである。

「左門次は、どういう男なのだ」

波之助が訊いた。

「五十がらみで、腕のいい棟梁だと聞いておりますが……。使っている大工は三、四人だそうですから、大きな屋敷を請け負うことはないようです」

「この倉庫を建てたとき、来ていたのは？」

「名は知りませんが、いつも三人ほど。棟梁の左門次さんは、ときおり様子を見に顔を出す程度でした」

「不審なことはなかったか」

「さァ、とくに気が付きませんでしたが」

稲右衛門は、倉庫なので見に来ることもすくなかったので、くわしいことは分からないと言った。

「もう一度、倉庫を見せてくれるかな」

「どうぞ、どうぞ」

稲右衛門は先に立って、波之助と茂蔵を裏手へ案内した。

倉庫のなかを子細に見てみたが、身を隠すような場所も抜け穴のようなものもなかった。天井も見てみたが、細い梁がむき出しになっていて天井裏もない。板壁や天井などに、板塀を越えるための梯子《はしご》や道具類などが隠してあるかとも思ったが、それもなかった。

「旦那、これからどうしやす」

大黒屋を出て、竪川沿いの道を歩きながら茂蔵が訊いた。

「ともかく、左門次の身辺を洗ってみよう。まず、野島屋と大黒屋の倉庫、それに西崎屋の稲荷を造った大工をつきとめてくれ」

幽霊に化け、金を奪い、蓑吉を殺した一味は左門次の身辺にいる、と波之助は睨んだのだ。

「さっそく、左門次をあたってみますぜ」

そう言って、波之助のそばを離れようとする茂蔵を、

「待て」

と言って、波之助が引きとめた。

「しばらく、左門次には気付かれぬように洗ってくれ」

まだ、怪しいというだけで、幽霊党と左門次をつなげる証拠は何もなかった。目撃者もいない。いま、左門次に気付かれて証拠を消されたら、事件は闇のなかに葬られてしまうだろう。

「承知しやした」

茂蔵は小走りに波之助から離れていった。

それから十日ほどして、茂蔵が舟甚に姿を見せた。

お駒が淹れた茶をすすって一息ついた後、

「旦那、だいぶ様子が知れやしたぜ」

と、声をひそめて言った。

「話してくれ」

「へい、左門次のところに出入りしている大工は三人だけでしてね。住み込みの若いのがひとり、こいつの名が繁六《しげろく》。通いがふたりで、佐太郎《さたろう》と半造《はんぞう》」

「左門次の家族は？」

「子供がなく、お勝《かつ》という女房と二人暮らしでして」

「それで、どうだ、暮らしぶりは」

「それが、つましくやってやしてね。近所の評判もいいし、どうも大金を手にした盗人には見えねえんで。……ただ、ひとりだけ気になるやつがいやして」

茂蔵が波之助を見ながら言った。

「気になるとは」

「半造なんで。歳は二十代半ば、手間賃稼ぎの大工にしちゃァ、やけに羽振りがいいんで」

茂蔵によると、半造は長屋の一人暮らしだが、このところ賭場へ出入りしたり飲み歩いたり、柳橋の料理屋には馴染みまでいるらしいという。

「半造と会ったのか」

「いえ、通りかかったのを見ただけでして」

「どんな男だ」

「色の青白《あおちれ》え痩せた野郎で」

「もうすこし、その男を洗ってみてくれ。幽霊党はひとりではない。仲間がいるはずなのだ」

「分かりやした」

茂蔵が出て行った後、波之助は大黒屋へ足を運んだ。

ちょうど、おふみがいたので、倉庫を建てたとき大工に茶を淹《い》れたのはだれか訊くと、おしまという女中とのことだった。

「おしまさんに、訊きたいことがあるのだがな」

波之助が、言った。

「待ってて、すぐ、呼んでくるから」

そう言い残して、波之助のそばを離れたが、すぐにでっぷり太った赤ら顔の大年増を連れてもどってきた。おしまという女中である。

波之助が、倉庫を建てたとき半造が来ていなかったか訊くと、

「来てましたよ、ずっと」

おしまは、ほかに繁六と佐太郎も来ていたと口にした。繁六は二十歳前後の小柄な男で、佐太郎は三十がらみのおとなしい男だそうである。

それから、波之助は倉庫を建てているとき、何か不審なことはなかったか訊いたが、おしまは首を横に振るだけだった。

おしまと別れ、波之助が大黒屋を出ようとすると、

「波之助さま、また幽霊の番に来てほしいんです」

おふみが哀願するような口調で言った。

おふみは、その後、幽霊は出ていないが、またいつ出るか分からず、怖くてしかたがないと言った。

「ちかいうちに、また来ることになるかもしれぬ」

波之助は、幽霊党の正体が知れるかどうかは別にして、また大黒屋に足を運ぶことになるような気がした。

四

「早川の旦那、あの店です」

茂蔵が大川端《ばた》の料理屋を指差した。玄関先に掛行灯《かけあんどん》が点《とも》り、打ち水がしてあった。大きくはないが、老舗《しにせ》らしい落ち着いた雰囲気がある。

料理屋の名は福田屋《ふくだや》。半造はこの店を馴染みにしているという。

暮れ六ツ（午後六時）前だった。すでに、客はいるらしく、店のなかから女の嬌声や男の笑い声など聞こえてきていた。

波之助と茂蔵は、戸口に近い座敷に案内された。一見《いちげん》客用の座敷らしく、板場にちかかった。瀬戸物の触れ合う音や廊下を歩く女中の足音などが聞こえてくる。

挨拶に来た女将に酒肴を頼んだ後、

「実はお上の御用でな。女将さんに訊きたいことがあって来たのだ」

と、茂蔵が声を殺して言った。

女将の顔がこわばった。茂蔵はともかく、旗本の子弟と思われる波之助が同行していたので、町方とは思ってみなかったのだろう。

「なに、女将にもこの店にもかかわりのないことなのだ。それに、おれは奉行所と縁のある男だが、お上とはちがうので安心していい」

波之助が静かに言った。

女将は波之助の優しげな顔立ちとおだやかな物言いに安堵したのか、

「どのようなお話でしょうか」

と言って、その場に腰を落ち着けた。

「この店の客に、半造という男がいるだろう」

茂蔵が訊いた。

「は、はい……」

女将の顔には、まだ警戒するような表情があった。

「よく来るのかい」

「三日に一度ほどです」

「いつも、ひとりかい」

「いえ、三人でいらっしゃることもありますよ」

茂蔵がいっしょにくる男の名を訊くと、名までは分からない、とのことだった。

脇で聞いていた波之助が、左門次、繁六、佐太郎の歳のころと、おしまから聞いた風貌などを話すと、

「ちがいます。その方たちではありません」

と女将は、はっきり否定した。

「大工仲間のようには、見えなかったのだな」

茂蔵が念を押すように訊いた。

「はい、遊び人のように見えましたが……」

女将は顔をしかめた。半造たちに、あまりいい印象は持っていないようである。

「半造には、馴染みの妓《こ》がいると聞いてるのだがな」

「ええ、北浜《きたはま》のお滝《たき》さんをよく呼んでましたよ」

北浜というのは、柳橋にある置屋だそうである。お滝はその北浜の売れっ子の芸

妓だという。

それから、波之助と茂蔵は、半造とその仲間のことをいろいろ訊いたが、幽霊党にかかわるような話は聞けなかった。

ふたりは注文した酒と肴だけで、福田屋を出た。腰を落ち着けて飲んでるわけには、いかなかったのだ。

両国橋を渡り、大川端の通りへ出たところで、茂蔵が言った。

「旦那、まちげえねえ。半造は幽霊党の一味ですぜ」

「そうだな」

波之助も、そうだろうと思った。福田屋で飲むには大変な金がかかるはずである。それも三日に一度は姿を見せ、馴染みの芸妓まで呼んで遊ぶというのだ。大工の手間賃などですむものではない。おそらく、野島屋と西崎屋から盗んだ金を使っているのだろう。

「いっしょに、遊んでるふたりも仲間にちげえねえ」

「うむ……」

遊び仲間が幽霊党かどうかは分からなかったが、半造はまちがいなく一味であろう、と波之助は思った。

ただ、波之助の頭には、深い霧のように事件の全貌をおおい隠している謎があった。

幽霊はどうやって消えたのか、盗人一味はどうやって店のなかに入り、奪った千両箱や小銭箱などを持って逃走したのか。

逃走する一味の姿を目撃した者すらいないのだ。まさに、幽霊と同じように、盗人一味も消えてしまったのである。

新しく建てた倉庫や稲荷の祠が、そうした謎を解く鍵のような気がしたが、波之助にはまだそれが見えていなかった。

「あっしは、半造のふたりの仲間を洗ってみやす」

茂蔵が目をひからせて言った。

「そうしてくれ」

波之助は、一度棟梁の左門次に会ってみようかと思っていた。

穴の死体

一

左門次は、丸顔で細い目をした地蔵のような風貌の男だった。いかにも温厚そうで、物言いもやわらかかった。

家は粗末な町家で大工の住居らしく、土間のつづきの板敷きの間には、様々な大工道具が置いてあった。波之助は、その大工道具に目をやりながら上がり框に腰を下ろすと、

「拙者は、早川波之助ともうす者です。ちと、うかがいたいことがあって訪ねてまいった次第でござる」

と、微笑みかけながら丁寧に言った。

「どのようなことで」

左門次も微笑を浮かべていたが、波之助を見つめた細い目には訝しそうなひかり

が宿っていた。無理もない。見ず知らずの武家が突然訪ねてくれば、何事かと警戒して当然だろう。

「つかぬことをうかがうが、ちかごろ巷《ちまた》を騒がせている幽霊の話を存じておろうか」

波之助が声をひそめて言った。

「へい、話には聞いておりやす」

左門次は表情を動かさなかった。

「実は、拙者、深川材木町の大黒屋のあるじと知り合いでな。幽霊が出たという話を聞き、放ってはおけぬと思ったのだ。それというのも、拙者は少々、修験道などをかじっていて、こたびの幽霊は人に取り憑く恐れがあるとみたのだ」

「さようでございますか」

そう言ったが、左門次の顔から怪訝そうな表情は消えなかった。

「幽霊というものは、この世に怨念を残して死んだ者の霊でもある。それで、拙者は大黒屋に、何者かの怨霊が残っているのではないかと思った次第なのだ」

幽霊党の話を持ち出すわけにはいかなかった。当たり障りのないことを話題にして左門次の反応を見た上で、半造、繁六、佐太郎のことを聞き出すつもりだった。

「大黒屋の者から、幽霊の出た場所を聞いてみると、新しく建てた倉庫のちかくであることが分かった」

「それで」

左門次は細い目を波之助にむけた。

「聞けば、その倉庫はおまえが建てたそうではないか」

「あっしが、建てやしたが」

左門次の細い目に刺すようなひかりが宿ったが、すぐに穏やかな表情にもどった。

「倉庫を子細に見せてもらったが、とくに不審な点はなかった。大黒屋の者に聞いても、倉庫を建てるとき、死んだ者もいないということだった」

「てえした普請《ふしん》じゃァねえし、死人はおろか怪我人も出ませんでしたぜ」

左門次の口元に揶揄するような嗤いが浮いた。波之助の話を、馬鹿馬鹿しいと思ったのかもしれない。

「だが、何者かの怨霊がかかわっているとみている者もいるのだ。そこで訊くが、おてまえは倉庫を建てた場所で、人が無念の最期を遂げたというような話は聞いていないかな」

もっともらしく、波之助が訊いた。

「聞いてませんねえ」

左門次は白けたような顔をして言った。

「そうか。ところで、倉庫の普請にかかわった者は、半造、繁六、佐太郎なる者と聞いているが、そうかな」

「よく、ご存じで」

左門次の顔から嗤いが消えた。波之助がそこまで知っているとは思わなかったのだろう。

「その三人の者に、何か不幸は起こらなかったかな。それというのも、倉庫を建てた地に怨霊が残っていたとも考えられるのだ」

波之助が左門次を見つめて言った。

「何もねえが……」

「本人たちでなく、家族はどうだ？　不慮の死を遂げたとか、原因の分からぬ病に冒されたとか」

「ありませんねえ」

「そうか。……すこし、立ち入ったことを訊くが、ちかごろ半造なる者の様子がおかしくはないか」

「どういうことです？」

左門次の目に鋭さがくわわったが、すぐに穏やかな目差《まなざし》にもどった。

「ちかごろ、半造は柳橋界隈で遊びまわっていると聞く。それも、度を越した遊び方だという。怨霊に取り憑かれ、その恐ろしさから逃れるためではないのかな。……よくあることなのだが、放っておくと思わぬ不幸な目に遭うことになる」

そう言って、波之助は左門次を凝視した。

一瞬、左門次の顔がこわばり、凄味のある表情が浮いた。

「まったく、困った野郎で。……博奕でついて、すこしばかり金が入ったせいで浮かれちまいやして」

左門次は苦笑いを浮かべて言った。

うまく言いつくろったな、と波之助は思った。金の出どころを博奕ということにして、ごまかしたのだ。

「ともかく、何か気になることがあれば、大黒屋に言ってくれ。望まれれば、除霊の祈禱をして進ぜよう」

そう言って、波之助は腰を上げた。

「そのせつは、お願いいたしやす」

左門次は低頭して神妙な顔付きで言ったが、波之助の話を信用したようには見えなかった。

「では、これにて」

波之助は引き戸をあけて通りへ出た。

小伝馬町の町筋は、暮色に染まりはじめていた。仕事を終えたぼてふりや出職《でしょく》の職人などが、足早に通り過ぎていく。

波之助が左門次の家を出て、一町ほど歩いたときだった。左門次の家の引き戸があき、男がひとり通りへ出て波之助の跡を尾《つ》けはじめた。左門次ではなかった。若い敏捷そうな男である。

波之助は尾行者に気付かなかった。小伝馬町から両国広小路へ出て両国橋を渡り、深川へむかった。舟甚へ帰るつもりだったのである。

二

波之助が左門次と会った五日後だった。舟甚の流し場にちかい板敷きの間で、お駒に用意してもらった朝餉を食べていると、おふみが顔を出した。だいぶ、急いで来たと見え、頬が紅潮し息が乱れていた。

「で、出た！」

おふみが、波之助の顔を見るなり言った。

「何が出たのだ」

「ゆ、幽霊が、昨夜」

おふみは、声も身も顫わせて言った。

「出たか。それで、だれか傷でも負ったか」

幽霊が出たことには驚かなかったが、大黒屋の者が負傷したり大金でも奪われたりするようなことがあると、幽霊の番を頼まれた手前もあって、まずいと思ったのだ。

「出ただけ、だれも怪我をしません」

おふみは声をつまらせて、盗まれた物もないと言い添えた。

「ともかく行ってみよう」

波之助は、その場に顔を出したお駒に朝餉の礼を言って立ち上がった。

「早川さま、幽霊退治もいいですけど、店には連れてこないでくださいよ」

お駒は本気なのか冗談なのか分からないような口振りで言って、波之助を送り出した。

大黒屋の店先に稲右衛門が出て、奉公人に何やら指示していた。店舗の脇の引き戸があき、印半纏を着た大工らしい男や川並などが出入りしていた。材木を運び出しているらしい。男たちの顔がいくぶんこわばっているのは、昨夜の幽霊の話が伝わっているからであろうか。

「これは、これは、早川さま」

波之助の姿を目にして、稲右衛門が足早に近寄ってきた。

「昨夜も出たそうだな」

「はい、どうも、何か起こりそうな気がして」

稲右衛門は不安そうな顔をした。

「ともかく、様子を話してくれ。幽霊が出たのは、また倉庫のそばか」

「はい、手代の弥八郎《やはちろう》が昨夜遅く厠に起きたとき、見たのです」

「弥八郎と吉松を、呼んでくれ」

波之助はあらためてふたりから聞いてみようと思った。

いっとき後、倉庫の前に、波之助、弥八郎、吉松、稲右衛門、おふみ、栄五郎の六人が集まった。倉庫から材木を運び出していた大工と川並も、すこし離れたところに立ち止まって、波之助たちに好奇の目をむけている。

「まず、弥八郎、昨夜の様子を話してくれ」

「承知しました」

弥八郎は、昨夜子《ね》ノ刻《こく》（午前零時）ごろ、厠に起きたという。

廊下を歩きながら、裏庭の方で物音がするのを耳にした。材木の触れるような音だったという。

不審に思った弥八郎は、厠のちかくの雨戸をすこしあけて外を見ると、月光のなかに何か白い物が浮き上がっている。

「幽霊だ、とすぐに気付きました。足が竦んでしまい、その場から動けませんでした。それでも、顫えながら見てますと、幽霊は、スーと倉庫の方へ行き、ふいに消えてしまったのです」

その後、弥八郎は何人かの奉公人を起こし、店内を見まわったり、外へ出て幽霊の出た辺りを見たりしたが何も異常はなかったという。

「やはり、消えたのは倉庫か」

波之助は、倉庫のなかに何か仕掛けがあるのではないかという気がした。

「調べてみよう」

くまなく、倉庫のなかを見てまわったが、身を隠すような場所もない。

波之助が黙考しながら目の前に積んである材木に目をむけていたとき、弥八郎が、材木の触れ合うような音がした、と口にしたのを思い出した。

材木を動かしたのではないか、と思い付き、波之助は積んである角材や板などをこまかく見てまわった。

すると、倉庫の奥に積んである角材の間に、まとまった長い毛髪が挟まっていた。

「この角材を、どかしてくれ」

波之助はそばに立っていた奉公人たちに頼んだ。

すぐに、弥八郎や栄五郎たちが角材を脇に運んだ。

だが、材木を載せるために床板のように並べた厚板があらわれただけで、何もなかった。

波之助はその厚板を一枚手にして剝がしてみた。簡単に持ち上がった。ただ並べてあるだけで釘で打ち付けてなかったのである。

厚板の下は空洞になっていた。地面を掘ったものらしい。なかは真っ暗で何も見えなかった。波之助は、並べてあった厚板を二枚、三枚と剝がした。

「いた！」

思わず、波之助が声を上げた。

その声に、そばにいた男たちが近寄り、なかを覗き込んだ。男たちは驚愕に目を剝き、息を呑んでいる。

ふいに、男たちのなかで、幽霊だ！　という悲鳴のような声が上がった。

深さ三尺余の室《むろ》のような穴のなかに、白い経帷子を着た男が横たわっていた。蒼ざめた顔の痩せた男だった。ざんばら髪が首に絡みつき、苦悶の表情で、覗き込んだ波之助たちを穴のなかから見上げていた。角材に挟まっていた毛髪は、この男のものらしい。

穴はひろく、四尺四方ほどあった。男が三、四人、屈み込んで隠れることのできる広さである。

……半造だろう。

と、波之助は思った。

「茂蔵親分を呼んでくれ。それに、提灯を頼む」

穴のなかは暗かった。明かりを使ってなかの様子を調べてみたかったのだ。

すぐに、弥八郎、吉松、栄五郎の三人が、店の方に駆けもどった。おふみは恐怖に身を顫わせながらも波之助のそばを離れず、波之助の袖を握りしめている。

弥八郎が提灯を手にしてもどってきた。吉松と栄五郎は茂蔵を呼びに行ったという。

波之助は提灯で穴のなかを照らしてみた。様々な物があった。大黒屋の印半纏、黒股引、草履、手ぬぐい、竹筒の水筒、握り飯をつつんだらしい筍《たけのこ》の皮……。

どうやら、ここで数日過ごしたらしい。印半纏や股引は大黒屋の奉公人や川並などに変装して逃げるためであろう。

……からくりは、これか。

波之助は、幽霊や屋敷に侵入した幽霊党が消えた謎も解けたような気がした。

幽霊党は、日中、大工や川並などに身を変えてこの穴のなかに隠れていたのだ。一味は夜の更けるのを待ち、店のなかに侵入して金を奪ったのであろう。

そして、ひとりだけ残して、他の者は金を持って木戸から通りへ出て逃走したのである。後に残ったひとりが、木戸をしめ内側から閂や心張り棒をかったにちがいない。むろん、残ったひとりは倉庫のなかの穴にひそんでいて、後で大黒屋の奉公人や川並などに化けて逃げたのである。

しばらくすると、栄五郎と吉松が茂蔵を連れてもどってきた。

「やっぱり、幽霊は半造か」

穴のなかの死に顔を見て、茂蔵が言った。さすがの茂蔵も、いくぶん声が震えていた。

三

茂蔵が来てから一刻（二時間）ほどして、小野が磯吉と弥十《やじゆう》を連れて姿を見せた。栄五郎から事情を聞いた茂蔵が、下っ引きの磯吉を八丁堀に走らせたのである。

「そいつを、引き上げろ」

小野が、茂蔵たちに指示した。

栄五郎たち、大黒屋の奉公人も手伝って、半造の死体が引き上げられた。首筋に絞殺されたらしい指の痕《あと》があった。

ざんばら髪は半造のものではなかった。かもじ屋で買い求めた髪であろう。長い髪が細い糸でくくられ、項《うなじ》の方にまわして縛ってあった。

白い経帷子《きようかたびら》の下は、川並の穿く細い黒の股引と黒足袋という黒ずくめの恰好だった。足がないように見えたのは、このせいだろう。闇のなかに白い経帷子だけが浮き上がり、足元の黒い衣装は闇に溶けて見えなくなったのである。

「この穴は、普請のとき人目に触れぬようにして掘ったものだろうな」

小野が言った。

「うまい隠れ家だ」

近付いて見ても分からないし、上に積んだ材木を運び出しても気付かないだろう。

「それにしても、なぜ幽霊なんぞに化けたんだろうな」

小野が、腑に落ちないような顔をして言った。

「音のせいだろう」

穴の出入り口を隠すための厚板を持ち上げなければ、外に出られない。日中ならともかく、寝静まった夜更けではどうしても音がひびき、目を覚ましている奉公人に気付かれる恐れがあったのだ。そこで、気付かれたとき、幽霊の姿を見せて恐怖で身を竦ませて動けなくしたり、奉公人たちを起こしに行ったりしている間に盗人一味は店から逃げ出し、残ったひとりは隙を見て穴に身を隠したにちがいない。

「野島屋と西崎屋も同じ手か」

「おそらく」

波之助は、野島屋の倉庫にも西崎屋の稲荷の祠にも同じような穴があるはずだと思った。

「仲間割れかな」

小野が半造の死体に目を落として言った。

「穴に、三、四人は隠れられるな」

波之助がそう言ったとき、

「殺《や》ったのは、袈裟次《けさじ》と音吉《おときち》ですぜ」

と、茂蔵が口をはさんだ。

半造と福田屋で飲んでいたのは、袈裟次と音吉とのことだった。ふたりとも、半造の博奕仲間で、ちかごろ半造と遊び歩いていることが多いという。

「口封じにちがいねえ。半造から手繰られそうになったんで、袈裟次と音吉が消したんでさァ。この穴に死体を隠しておけゃァ、だれにも見つからねえと踏んだにちげえねえんで」

茂蔵が語気を強くして言いつのった。

「いずれにしろ、袈裟次と音吉は、ひっくくって詮議しなけりゃァなるめえ。茂蔵、ふたりの塒《ねぐら》は分かるか」

「へい、本所横網町の長屋で」

「よし、ふたりを捕《と》ろう」

「承知しやした」

茂蔵が袖をたくしあげて言った。

波之助は大黒屋の店先で、茂蔵と小野に分かれた。野島屋と西崎屋にも同じような身を隠す穴があるかどうか、確認しようと思ったのである。

「ともかく、これで二度と幽霊は出ないでしょう」

波之助は、戸口まで見送りにきた稲右衛門とおふみに言った。

「早川さま、事件が解決したら、また釣りにごいっしょしていただけましょうか」

稲右衛門が、満面に笑みを浮かべて言った。幽霊の正体が分かったので、ほっとしたようだ。脇で、おふみが頼もしそうに波之助を見つめている。

「ぜひ、ごいっしょしましょう。江戸湊で、鯛や鮃《ひらめ》が待ってますからね」

波之助も目尻を下げて言った。

まず、野島屋へ行ってみた。事情を話して、倉庫を調べてみると、大黒屋と同じように床板のように敷いた厚板の下に穴が掘ってあった。大きさもほぼ同じで、なかには大黒屋で目にしたような水筒や筍の皮などが残っていた。

次に西崎屋にまわった。西崎屋の場合は倉庫ではなかった。ちいさな稲荷の祠である。だが、穴はすぐに見つかった。祠を押すと、土台の厚板ごと倒れる仕組みになっていて、その下に大黒屋と同じ程度の穴が掘ってあった。穴のなかには、両店と同じような物が残されていた。

一方、小野と茂蔵たちは、その日のうちに袈裟次と音吉を捕縛した。調べ番屋と呼ばれている南茅場《かやば》町の大番屋に連れていかれた袈裟次と音吉は、小野の手で厳しく吟味されたが、幽霊党とのかかわりは吐かなかった。

博奕をしたことを認めた上で、半造とは賭場で知り合い、酒を飲ませてもらっただけだと言い張ったのだ。

小野は、棟梁の左門次、大工の繁六と佐太郎からも話を聞いた。三人が半造の仲間だった可能性もあったからである。

三人は口をそろえて、倉庫や稲荷に穴を掘った覚えはないと言明した。

「そんなことはあるめえ。大工としていっしょに仕事をしていたおめえたちが、知らねえはずはねえ」

そう言って、小野は執拗に迫ったが、

「半造は残り仕事を買って出て、遅くまでひとりで居残っておりました。おそらく、そのとき掘ったものでしょう」

と、左門次が言い、それを裏付けるように佐太郎が、

「あっしらは、いつも、暗くなる前に帰《けえ》ってきやした。おかみさんに訊いてくだせ

え」

と言い、繁六も同じことを口にした。

左門次のおかみのお勝に訊くと、佐太郎と繁六の話を裏付ける証言をした。それに、左門次、佐太郎、繁六の暮らしぶりは、大金を手にしたとは思えないような質素なものだった。左門次たち三人が幽霊党であることを裏付けるような証拠は何も出てこなかったのである。

「やっぱり、半造と袈裟次たちがやったようだな」

小野はそう言ったが、波之助は腑に落ちなかった。

袈裟次と音吉が、口封じのために半造を殺したとは思えなかった。それほど、用心深い男たちなら、犯行後すぐに柳橋などで仲間と飲んだりしないだろう。それも、一度だけでなく、何度も飲みに行っているのだ。

今度の事件は、周到で念入りな計画の元で実行されている。簡単に尻尾をつかまれるようなことをするだろうか。

それに、大黒屋で倉庫を調べたとき、角材に毛髪の一部が残っていたことも気になっていた。下手人は半造の死体を穴のなかに隠した後、厚板や角材を元にもどしたはずだ。そのとき、ひっかかっている毛髪に気付かなかったのだろうか。

それに、半造は角材を取り除いてから穴に出入りしたはずで、頭に付けた髪が角材に挟まれるようなことは、あまりないはずである。

……半造たちに罪を着せようとしたのかもしれない。

波之助は、他に事件の首謀者がいるような気がした。

四

「旦那、身の毛がよだつようですぜ」

茂蔵が大袈裟に身を震わせて見せた。そばにいた小野も、あきれたような顔をして波之助を見つめている。

波之助は顔を青白く塗り、ざんばら髪を頭に付け、経帷子《きょうかたびら》を身にまとっていた。幽霊に化けたのである。波之助の白皙《はくせき》の面《おもて》貌とすらりとした身体は、半造の幽霊姿にそっくりだった。

半造の死体が大黒屋で発見されて十日経っていた。この間、茂蔵は執拗に左門次たち三人を尾けまわし、左門次が日本橋村松町に妾をかこっていることと、佐太郎と繁六が店者ふうに身を変えて吉原に行っていたことをつかんでいた。

さらに、左門次たちはここ一年ほどの間、富裕な大店だけをまわり、倉庫や納屋などの普請の注文を取っていたことも分かった。盗みに入るために、身を隠す穴を作ろうとしたとみていい。

こうしたことから、左門次たち三人が幽霊党である疑いは濃くなった。だが、それを裏付ける確かな証がなかった。

小野は左門次たちを捕縛し、拷問にかけたいと言ったが、波之助が制した。

……左門次たちは、拷問にかけても自白しないだろう。

と、波之助は思ったのだ。それというのも、左門次たちは町方が確証をつかんでないことを知っているだろうし、幽霊党であることを自白すれば、死罪はまぬがれないことが分かっているからだ。

「こちらも怨霊の手を借りよう」

波之助は、手荒なことをせずに策を用いて左門次たちの自白を引き出したかった。そこで、波之助が半造の幽霊に化け、左門次の口を割らせることにしたのである。

この手は一度使ったことがある。商家の若主人と料理屋の女中が相対死にに見せかけて殺された事件のとき、幽霊に化けて下手人の自白を引き出したことがあったのだ。下手人はどこかに罪の意識を持っているもので、自分が手にかけた者の怨霊を目にすると、恐怖にかられて咄嗟《とっさ》に犯行にかかわることを口走るものなのだ。

波之助、小野、茂蔵の三人は、千鳥橋のたもとの柳の樹陰に身を隠していた。千鳥橋は左門次の妾の住む仕舞屋《しもたや》から小伝馬町へ帰る際に渡る掘割にかかっている。

「左門次は、ここを通るのだろうな」

波之助が念を押すように訊いた。

「やつが、情婦《いろ》のところにいるのを見てきやしたんで」

茂蔵はこの場に来る前に妾宅を覗き、左門次が来ていることを確認していた。

「そろそろ、来るころだな」

そう言って、小野が上空を見上げた。

雲間に細い三日月が出ていた。幽霊を装って脅すには、ちょうどいい明るさである。おまけに生暖かい風が吹き、さわさわと柳の枝葉も揺れている。

町木戸のしまる四ツ（午後十時）前だった。橋のたもとには人影もなく、叢《くさむら》で鳴く虫の音が物寂しく聞こえてくるだけである。

そのとき、ヒタヒタと足音がした。通りの先に、提灯の明かりが見える。

「旦那、来たようですぜ」

茂蔵が声を殺して言った。

「よし、身を隠せ」

三人は、樹陰や土手際の丈の高い雑草のなかに身を隠した。

提灯の明かりが、揺れながら近付いてくる。どうやら、左門次ひとりのようである。ときおり、提灯の明かりに丸顔の地蔵のような顔が浮き上がって見えた。

左門次が橋のたもとちかくまで来たとき、波之助が柳の陰から足音をたてないように通りへ出た。

すこし顔を伏せかげんにし、両手を胸の前に垂らしていた。ざんばら髪を垂らした蒼白い顔が、月光に浮かび上がっている。足元を黒い装束でかためていたので、白い経帷子が夜陰を浮遊しているように見えた。

まさに、幽霊である。波之助と知っていても、恐ろしい。

ふいに、提灯がとまり、左門次が凍り付いたように身を硬直させた。

「て、てめえは、半造……」

左門次は恐怖に目を剝き、声を震わせて言った。

幽霊姿の波之助は、うらめしそうな顔をしたまま黙って立っている。

「ちくしょう！　化けて出やがって！」

左門次が、ふところに手をつっ込んで何かを取り出した。

その手元が、月光ににぶくひかった。匕首のようである。

左門次は目をつり上げ、突然、狂乱したようにつっ込んできた。波之助は後ろへ後じさった。なおも、左門次が迫ってくる。

「おれの言うことを聞かねえから、町方なんぞに目をつけられたんだ！」

左門次はわめきながら、匕首を突き出した。

ピシリ、と波之助が手刀で左門次の手を打った。

左門次が匕首を取り落とし、アッ、と声を上げた。

「てめえは、半造じゃァねえな」

左門次の顔がひき攣《つ》ったようにゆがんだ。

「早川波之助だよ」

波之助は顔に垂れ下がった髪を手で分けた。

「騙しゃァがったな」

ふいに、左門次が反転して逃げ出した。

が、その足がすぐにとまった。前方に、小野と茂蔵が行く手を塞ぐように立っていたのである。

「左門次、観念しやがれ！」

小野が声を上げ、茂蔵が飛び付いた。

左門次は抵抗しなかった。悔しそうに顔をゆがめたまま茂蔵の縄を受けた。

翌朝、小野は茂蔵をはじめ数人の捕方を引き連れて小伝馬町に出かけ、左門次の家に顔を出した佐太郎と繁六、それに左門次の女房のお勝を捕らえた。お勝も、左門次たちが幽霊党であることを知りながら隠していた疑いがあったからである。
佐太郎と繁六は、左門次が捕らえられたことを知ると、観念したらしく、おとなしく縄を受けた。

五

猪牙舟の水押《みお》しが、波を受けてやわらかく揺れていた。江戸湊は凪いでいた。秋の陽が海面を照らし、黄金を敷いたようにひかっている。
波之助と稲右衛門は、与作の船頭で真鯛《まだい》釣りに来ていた。釣り場は、高輪のちかくの根《ね》のある場所である。根とは海底にある岩礁で、その岩礁のまわりに鯛がいることが多いのだ。

「なかなか、アタリがきませんねえ」

稲右衛門は、天蚕糸《テグス》を手で上下させて魚を誘いながら言った。手釣りだった。真鯛は水深のあるところにいるので、竿釣りは無理なのである。

すでに、二刻（四時間）ほども釣っているのだが、ふたりで、掌ほどの大きさの真鯛を二尾釣っただけである。それでも、真鯛狙いの場合は、ぼうずのときもあるので、まだましかもしれない。

「旦那、それで、半造を殺したのは、左門次だったんで」

与作が訊いた。アタリがないので、退屈しているらしい。それに、どういうわけか、与作は波之助がかかわった事件に興味をもち、何かと事件のことを聞きたがるのだ。船頭仲間に、事件の真相はこうだ、と話したいのかもしれない。

「そうだ。はじめは殺すつもりはなかったらしいが、町方に目をつけられては面倒だと思ったようだ」

波之助は、水音に負けないように声高に言った。

左門次は、半造が盗んだ分け前で遊びにうつつを抜かしていることに不安を抱いていた。そこへ、波之助が行って半造のことを口にしたので、始末する気になったようである。

左門次の自白によると、大黒屋の倉庫の角材に髪の毛の一部を挟んでおいたのは、町方に半造の死体を発見させるためだったという。

どうせ、死体が死臭を放つようになれば気付かれることだし、顔が半造とはっきり分かるうちに発見させ、幽霊党の悪事を半造とその遊び仲間にかぶってもらおうとたくらんだようなのだ。

「左門次たちが、敷地内の穴蔵に隠れていたことは分かりやしたが、店のなかにはどうやって入ったんです。どこにも、それらしい場所はなかったそうじゃァねえですか」

与作は天蚕糸をつかんだままだった。糸を上下させて、誘うことも忘れている。

「それも、穴に隠れていたからできたことさ」

そのことも、左門次たちは自白していた。

夕方、辺りが暮色に染まり、ひそんでいる倉庫や稲荷のそばから人影が消えるころ、川並や店の奉公人の身装《みなり》をした身の軽い繁六が穴から出て、まだあいている裏口から店のなかに忍び込み、台所の隅や人の近付かない納戸などに夜が更けるまで身を隠していたそうである。

繁六は家人が寝静まってから裏口をあけ、左門次と佐太郎を店内に入れたのだ。

そして、左門次たち三人が狙いをつけた帳場や内蔵から金を盗んでいる間、半造が幽霊に化けて、倉庫や稲荷のちかくを歩いていたのである。

「悪知恵の働くやつらだ。……それで、三年ほど前に出た幽霊党も、やつらの仕業だったんでしょう」

さらに、与作が訊いた。

「そうらしい」

もともと、左門次は手間賃稼ぎの大工を三、四人雇って、納屋や倉庫、家の改装などの小規模な普請を請け負っていた。

あるとき、富裕な商家で暗くなるまで居残って仕事をしていると、裏口があいたままなのに気付いた。辺りに人影もない。むらむらと欲心の湧いた左門次は、店のなかに入り込み、帳場にあった丁銀箱のなかから難なく三十両ちかくの金をせしめたという。それで、すっかり味をしめた左門次は、大工であることを利用して店の敷地内に隠れられる場所を作り、隙を見て店のなかへ忍び込んでいたのだという。

左門次は慎重な男で、三年ほど前、つごう三百両ほどの金を手にすると、盗みをやめ、おとなしく大工に専念していたそうである。

ところが、ここへ来て盗んだ金が底をついたこともあって、また盗人を始めたのだという。

「それで、今度の金はどこに隠してあったんです。まさか、何百両という大金を使っちまったわけじゃァねえでしょう」

「隠してあったそうだよ。床下にな」

半造は分け前をだいぶ使ったが、他の三人はほとんどそのまま甕《かめ》に入れ、床下に隠していたという。

「金を残したまま獄門台に晒されるんじゃァ、左門次たちもくやしいでしょうよ。幽霊にでもなって、化けて出るかもしれませんぜ」

そう言って、与作が笑った。

それまで黙ってふたりのやり取りを聞いていた稲右衛門が、

「釣りはさっぱりだし、暗くならないうちに舟甚にもどりますか。幽霊はもうたくさんですからね」

そう言って、天蚕糸をたぐり始めた。

「そうしましょう」

波之助が、天蚕糸をたぐろうとした瞬間だった。

グッ、と手にきた。

「きた！」

強い引きである。真鯛にちがいない。波之助は懸命に天蚕糸をたぐり寄せた。稲右衛門も与作も手をとめて、波之助の手の動きを見つめている。

「真鯛だ！　型もいい」

波之助が身を乗り出して言った。

波間で、桃色の魚体がはねた。一尺の余もある真鯛である。

解説

細谷《ほそや》正充《まさみつ》（文芸評論家）

「鳥羽亮《とばりよう》さんの時代短篇集が作れないか」。編集者からそう聞かれて、一瞬、言葉に詰まった。というのは作者が、長篇型の作家だからだ。書庫の鳥羽亮コーナーに行って、膨大な本を確認してみても、ほとんどが長篇。連作短篇集が、僅《わず》かにあった。さらに記憶を引っ張り出してみると、時代小説のアンソロジーに、何作か短篇が収録されていたはずだ。あちこちのアンソロジーをひっくり返して、短篇を発掘。ようやく本を作る目途がついたのである。残念ながら諸般の事情で収録できなかった作品もあるが、五作を採り、一冊にまとめることができた。長篇とは一味違う、鳥羽作品の世界を堪能《たんのう》していただきたい。それでは以下、各話を見てみよう。

「怒りの簪」は、「小説NON」二〇一六年二月号に掲載され、『競作時代アンソロジー　怒髪の雷』（祥伝社文庫）に収録された。物語は、小伝馬町《こでんまちょう》の牢《ろう》屋敷の土壇場から始まる。「首斬り浅右衛門《あさえもん》」こと山田《やまだ》浅右衛門吉利《よしとし》の高弟・片桐京之助《かたぎりきょうのすけ》は、二十両を盗んで死罪となったおゆきという女の首を落とした。土壇場まで隠し持っていた銀簪《かんざし》と、源次という男を怨《うら》むというおゆきの言葉が気になり、事件のことを調べ始めた京之助。やがて源次がおゆきを食い物にしたことを知り、斬ることを決意する。

というストーリーからラストは京之助と源次のチャンバラだろうと思っていたら、そういう方向に行くのか。設定を生かした展開がお見事。ちょっとした描写から見えてくる主人公のキャラクターもいい。作者の手練が遺憾なく発揮された一篇だ。

「首斬御用承候」は、「小説NON」一九九七年二月号に掲載され、時代小説アンソロジー『落日の兇刃』(ノン・ポシェット〔現・祥伝社文庫〕)に収録された。「介錯人・野晒唐十郎」シリーズは長篇主体だが、短篇も幾作かある。その中から、読みごたえ抜群の本作を選んだ。

小宮山《こみやま》流居合の達人である狩谷唐十郎《かりやとうじゅうろう》は、ある理由で道場主では飯が食えなくなり、今は市井の試刀家をしている。依頼があれば、介錯人《かいしやく》も務めている。そんな彼が、幕府の御先手御弓頭で、名刀の収集家として知られる横瀬外記《よこせがき》から依頼を受けた。外記の養女を連れて逃亡した家臣の天野《あまの》八郎左衛門《はちろうざえもん》を討ってくれというのだ。八郎左衛門は心隠刀流《しんいんとう》の奥儀の一つ〝瀬落《せおと》し〟の遣い手だという。また、八郎左衛門を討つ刀は外記の所持する、備州長船《おさふね》にするようにいわれた。外記の言葉に不審なものを感じながら唐十郎は、八郎左衛門との対決に向かう。

八郎左衛門に〝瀬落し〟があれば、唐十郎には小宮山流居合の秘剣〝山彦《やまびこ》〟がある。互いの秘剣によるチャンバラは迫力満点。これぞ鳥羽流剣豪小説である。しかも八郎左衛門が引き起こした騒動には裏があった。その真相を見抜き、試刀家として決着をつける唐十郎の姿が、なんとも格好いいのである。

「人斬り佐内　秘剣腕落し」は、「小説歴史街道」一九九五年八月号に掲載され、長谷部史親編の時代小説アンソロジー『斬刃　時代小説傑作選』（コスミック・時代文庫）に収録された。主人公の小野寺佐内《おのでらさない》は、本所相生町《ほんじょあいおいちょう》にある富田《とだ》流居合術の道場主……というのは表の顔。裏の顔は、依頼を受けて人を斬る刺客だ。材木問屋だという藤兵衛《とうべえ》の依頼により、深川《ふかがわ》を巡るやくざ者の縄張り争いにかかわった佐内は、かつて道場で立ち会ったことのある一刀流武甲派《いっとうりゅうぶこう》の遣い手・斎藤十左衛門《さいとうじゅうざえもん》と対決することになる。

藤兵衛の依頼の時点から予想外の捻《ひね》りがあり、ストーリーの行方は予断を許さない。富田流居合の秘剣〝腕落《かいなお》し〟と、一刀流武甲派の秘剣〝鳥影《とりかげ》〟の斬り合いも、読んでいると両者の動きがビジュアルとして目に浮かび、血が滾《たぎ》る。さらに対決が終わった後の、佐内の行動にも痺《しび》れる。剣客の意地と、人斬りの鉄則を融合させた、チャンバラ・ノワールといいたくなる秀作だ。なお、佐内を主人公にした作品には、長篇『必殺剣二胴』（現『必殺剣「二胴」』）もある。

「剣狼」は、「小説新潮」二〇〇〇年二月号に掲載され、連作集『剣狼秋山要助　秘剣風哭』（双葉文庫）に収録された。主人公は、江戸後期に実在した剣客・秋山要助《あきやまようすけ》。一九九八年六月に講談社より刊行された『幕末浪漫剣』にも脇役で登場しており、作者が深い関心を抱いていたことが窺《うかが》える。

岡田十松《おかだじゅうまつ》の経営する撃剣館《げきけんかん》で修行に励み、師範代にまでなった秋山要助。しかし金と真剣勝負に魅了され、身を持ち崩した。あちこちで怨みを買った彼は江戸を捨て、今は本庄《ほんじょう》宿を縄張りとする下仁田《しもにた》の浅次郎の世話になっていた。しかし、縄張りを二分する坊主の森蔵《もりぞう》の賭場《とば》を襲撃したことで、命を狙われる。森蔵にやとわれた、甲源一刀《こうげんいっとう》流の八寸円蔵《はちすえんぞう》。江戸から要助を追ってきた、神道無念《しんとうむねん》流の朝倉恭之介《あさくらきょうのすけ》。

剣客たちの思惑が絡み合い、本庄宿に血風が吹く。

チャンバラに始まり、チャンバラに終わる。要助を中心にした物語は、予想外の錯綜《さくそう》を見せながら、ノンストップで進行。その中から、剣狼ともいうべき要助の肖像が立ち上がる。無頼剣客の、したたかな立ち回りから、目が離せないのだ。

なお『剣狼秋山要助　秘剣風哭』は、ほんまりうの作画によりコミカライズされている。小学館から全一巻のコミック『剣狼　秋山要助』が刊行されているので、興味のある人はこちらもお読みいただきたい。

「幽霊党」については、ちょっと詳しい説明が必要だろう。そもそもは二〇〇四年五月に講談社から刊行された、江戸川乱歩《えどがわらんぽ》賞作家による書き下ろしアンソロジー『乱歩賞作家　白の謎』に、大身旗本の三男坊・早川波之助《はやかわなみのすけ》を名探偵役にした時代ミステリー「死霊の手」を掲載。その後、本作と「消えた下手人」を書き下ろし、二〇〇六年二月、講談社文庫から連作集『波之助推理日記』を刊行したのである。以後、シリーズとなり『からくり小僧』『天狗の塒』が上梓《じようし》されたが、こちらは長篇だ。

入り浸っている釣り宿「舟甚《ふなじん》」で、釣り仲間たちと飲んでいた波之助。廻船《かいせん》問屋の「野島屋《のじまや》」と、米問屋の「西崎屋《にしざきや》」に現れた、経帷子《きようかたびら》姿の男の幽霊の話を聞いた。

どちらの店も、幽霊騒ぎが続いている最中に大金が消えたとのこと。さらに馴染《なじ》みの材木問屋「大黒屋《だいこくや》」の娘のおふみから、店に幽霊が出たと聞き、波之助はこの騒動解決に乗り出すのだった。

「大黒屋」で見張っていた波之助たちの眼前で、幽霊が消失。この不可解な謎を、波之助が鮮やかに解決する。一連の事件の黒幕を追い詰める方法も楽しい。周知のように作者は、一九九〇年に『剣の道殺人事件』で第三十六回江戸川乱歩賞を受賞し、ミステリー作家としてデビューした。そのミステリーの腕前を、存分に振るっているのだ。チャンバラだけではない作者の懐の深さを、本作で実感できることだろう。

さて、こうやって作品を並べてみると、鳥羽亮が優れた短篇の書き手であることが、あらためて理解できた。長篇中心で活動している作者だが、斬れ味、もとい切れ味の鋭い短篇を、もう少し執筆してほしい。この解説を執筆しながら、本気でそう願うようになったのである。

初出

「怒りの簪」――『競作時代アンソロジー　怒髪の雷』（祥伝社文庫、二〇一六年）
「首斬御用承候」――『落日の兇刃』（祥伝社文庫、一九九八年）
「人斬り佐内　秘剣腕落し」――『斬刃　時代小説傑作選』（コスミック・時代文庫、二〇〇五年）
「剣狼」――『剣狼秋山要助　秘剣風哭』（双葉文庫、二〇〇五年）
「幽霊党」――『波之助推理日記』（講談社文庫、二〇〇六年）

角川文庫収録にあたり、加筆修正しました。

剣《けん》狼《ろう》の掟《おきて》

鳥《と》羽《ば》 亮《りょう》

令和5年 1月25日 初版発行

発行者●山下直久

発行●株式会社KADOKAWA
〒102-8177 東京都千代田区富士見2-13-3
電話 0570-002-301(ナビダイヤル)

角川文庫 23513

印刷所●株式会社暁印刷
製本所●本間製本株式会社

表紙画●和田三造

ISBN 978-4-04-113314-9 C0193

◇◇◇

角川文庫発刊に際して

角川源義

第二次世界大戦の敗北は、軍事力の敗北であった以上に、私たちの若い文化力の敗退であった。私たちの文化が戦争に対して如何に無力であり、単なるあだ花に過ぎなかったかを、私たちは身を以て体験し痛感した。西洋近代文化の摂取にとって、明治以後八十年の歳月は決して短かすぎたとは言えない。にもかかわらず、近代文化の伝統を確立し、自由な批判と柔軟な良識に富む文化層として自らを形成することに私たちは失敗して来た。そしてこれは、各層への文化の普及滲透を任務とする出版人の責任でもあった。

一九四五年以来、私たちは再び振出しに戻り、第一歩から踏み出すことを余儀なくされた。これは大きな不幸ではあるが、反面、これまでの混沌・未熟・歪曲の中にあった我が国の文化に秩序と確たる基礎を齎らすためには絶好の機会でもある。角川書店は、このような祖国の文化的危機にあたり、微力をも顧みず再建の礎石たるべき抱負と決意とをもって出発したが、ここに創立以来の念願を果すべく角川文庫を発刊する。これまで刊行されたあらゆる全集叢書文庫類の長所と短所とを検討し、古今東西の不朽の典籍を、良心的編集のもとに、廉価に、そして書架にふさわしい美本として、多くのひとびとに提供しようとする。しかし私たちは徒らに百科全書的な知識のジレッタントを作ることを目的とせず、あくまで祖国の文化に秩序と再建への道を示し、この文庫を角川書店の栄ある事業として、今後永久に継続発展せしめ、学芸と教養との殿堂として大成せんことを期したい。多くの読書子の愛情ある忠言と支持とによって、この希望と抱負とを完遂せしめられんことを願う。

一九四九年五月三日